JN123356

見晴るかす山と町と人と

生い立ちの記 3

かつおきんや

生い立ちの記3

見晴るかす山と町と人と

第一話●大連着

ジャーン……ジャジャジャジャーン……

（ああ、岸壁に着いたんだ）

Kが口の中でつぶやくと同時に、広い三等船室のあちこちでざわめきが起き、船員さんの声がひびいた。

「皆さーん。知らせがあるまで、その場で待機して下さーい」

（そうだよ。あと一時間ぐらい待たなきゃ、ぼくらの順番は来ないんだもん）

今朝早くいつものように甲板で散歩をしていたら、遠くに見えてきた陸地を指さしながら、通りかかった船員さんが今日の予定を、そんな風に話してくれたのだった。

それで、Kは、自分の定まった居場所に座ったまま、きのうもらったバイカル丸の小さな模型を手に持って、今の船全体の様子などをいろいろ想像してみた。

思えば、「蛍の光」のメロディに送られて神戸港を出たのが四日前の正午過ぎ、それからこの場所で三晩泊って、いよいよ生まれて初めての船旅は終わり、昭和十二（一九三七）年八月十九日、目指す大連の土を踏むのはもうすぐなのだ。

東京駅で父に見送られて、初めて会った小畑さんの一家四人と一緒に汽車に乗った五日前が、まるできのうのように思われる。

その間、小畑さんの小父さんは、四六時中つきまとっている一年生の一人息子に振り回されていたし、小母さんは、福島から初めて旅順へ行くことになったという小畑さんのお母さんが、船に乗ったとたんに気分が悪くなったらしく、これまたいつ見てもつきっ切りだった。

だから、この四日間、Kは何をするのも単独行動だった。

この三等船客の第一居住区は、全部で二百三、四十人の乗客が十五、六人ずつ一区画に割り当てられていた。それで、Kは小畑さんたちと同じ区画内ですぐ隣に寝起きはしていたのだが、Kの乗船切符は旅順であのヒゲの叔父さんが買っていたから、乗客名簿には、住所や連絡先を含め単独客として記されており、船員さんたちの対応も当然そうなっていた。

それにしても、この四日間の船旅は、五日前までの茨城県沓掛(くつかけ)村での日々とは比べようもない、本当に夢のような毎日だった。そのあれこれを、船の模型を見ながら思い出していたKは、突然、辺りが急に静かになったことに気がついた。

(どうしてだろう。あ、そうか。船のエンジンが止まったんだ)

いつもゴーッとか、ウーンとかいう音がひびきつづけていた、それが消えたのだった。

そう思った時、船員さんの声が聞こえてきた。

「皆さん、お静かにねがいまーす」

甲板へ上る階段の手前の一段高くなっている場所に、四、五人船員さんが立ち、その一人がメガホンを口に当てて叫んでいる。

「間もなく皆さんに甲板へ出てもらいますが、この上り口に近い方々からご案内いたしますから、区画番号順に通路に並んでお待ち下さい。どうか、こちらの指示に従って行動されるように、ご協力をおねがいします」

船と埠頭との間には、巾一・五メートル程のブリッジがかけられ、下船の際には、一等八六名、二等一三二名、三等四七一名定員の乗客が、この等級順に渡って行くことになっていた。その三等船客の順番がようやく近づいて来たようなので、Kも小畑さんたちにつづいて通路で列についた。

船員さんたちはこまめに巡回して、「忘れ物がないか」とか、「もう暫くですからね」などと声をかけていた。だが、Kにかけられたのはこんな言葉だった。

「毎日楽しく過ごせたかい？」

「旅順へ行ったら、白玉山や、二百三高地、いろんな所へ行ってみなよ」

「あの小さなバイカル丸もちゃんと持ったね」

きのう、船の前方甲板の広い所で催された、乗客の輪投げ大会の小学生の部に、Kはわざわざ呼び出されて出場し、成績はまあまあだったが、プレー後に司会者から見物客にこう紹介されたのだ。

「旅順の叔父さん叔母さんの所へ、はるばる一人で行く四年生でーす」

そして、大きな拍手の中、特別賞として渡されたのがバイカル丸の模型だった。あの後、何人もの乗客から声をかけられたり、握手を求められたり、中にはキャラメルをくれた小母さんもいた。

(松っちゃんにこの話をしたらどんな顔するだろう)

そんなことを思っているうちに、いきなり女の人の声が耳にとびこんできて、Kはハッとしてわれに返った。見れば、すぐ近くに小畑さんの小母さんのやさしい顔があった。

「……それで、ちっともKさんのお相手できなくて、本当にごめんなさいね」

「いいえ、ぼく……いつも勝手に……」

しどろもどろに返事をしながらちらっと見ると、小畑さん一家の先頭におばあさんがしゃんと立っており、その後ろに一年生の坊やが小父さんにくっついているのが見えた。

小母さんは斜め向きになって話しつづける。

「海が荒れなくてよかったわよね。運悪く嵐に巻きこまれたりしたら大変なんだから」

「玄界灘もちっともゆれませんでした」

「そうよ。あすこからツイてたのよね、この航海」

「イルカがあの辺で十ぴきぐらい、この船にくっついて泳いでました」

「そう、あれ見たの。あれたち、いっつもくっついてきて、かわいいのよね。じゃ、クジラはどうだった?」

「見ました、きのうの朝。うんと大きいのが時々シューッて潮吹いていました」

「まるで、この船も自分らの仲間だぞみたいな調子で、ゆうゆうと泳いでたでしょ」

「旅順へ行ったら、うちへ手紙でそれ書きます」

「ぜひそうしたらいいわ」

その時、船員さんのメガホンが動いた。

「では、これより、そろそろ甲板へ向かいまーす。押したり割り込んだりしないように、シュクシュクと進んで下さーい」

「すぐそこの埠頭じゃ、おヒゲの先生たち、首を長くして待ってらっしゃるわよ」

楽しい会話もこれで打ち切りだった。

「ゆっくり上がって下さーい。一段、一段、あせらず、ゆっくり……」

船員さんにリードされながらやっと甲板へ出たが、ここでも人でいっぱいだ。

（この船、どっち向きに停まってるんだろう）

大人ばかりに囲まれ、見えるのはスカッと青い空だけだったが、少し体を動かしたりして人々の間からすかしてみると、船はきのう輪投げをした前甲板を沖の方へ向け、岸壁に左舷を横づけしていた。

（叔父さん、こっち見てるのかなあ）

Kがそう思った時、急ににぎやかな声が聞こえた。

「話には聞いとったけど、ほんまにでかい埠頭やなあ」

「三ノ宮（神戸）の埠頭の倍はあるんとちゃうか」

「これが大陸や。何もかもスケールが違うんや」

船室でもにぎやかだった学生グループが上がってきたらしい。その声につられてKも体をずらしたりしたが、どっちもよく見えなかった。

後で分かったのだが、この大連第二埠頭の長い立派な建物ができたのは、つい三年前のことで、全長は二百メートルを越え、一階は倉庫や鉄道の発着場、二階は乗客待合所になっていた。この埠頭からは、大連神戸間のほか、長崎、新潟、鹿児島、上海、青島、天津等と結ぶ旅客船が連日発着しており、第一から第四まである各埠頭では、日本やアジアだけでなく世界各地の港から貨物船が次々と出入りしており、荷物を上げ下ろしする大きなクレーンが林立して活動していた。さすが名実ともに「満州の玄関口」そのものだった。

だが、今のKはそんな港の様子など全く見ることもかなわなかったが、それでも我慢できたのは、わずかずつでも前へ動きつづけていたからだった。それにしても、もう脱け出せそうなものだがと思った時、小畑さんが顔を少しこちらに向けて、小声で言った。

「K君。もうすぐだから離れるな」

「ハイッ」

そして間もなく船べりに沿って一列に歩けるようになると同時に、ずらりと並んでいる船員さんの元気のよい声が聞こえてきた。

「長の船旅、お疲れさまでした」

「いつの日か、またのご乗船を、心からお待ちしております」

「どうぞお元気でお過ごし下さい」

そんな声のほか、

「や、K君。また乗ってくれよな」

と、笑顔で言ってくれる船員さんもいた。

実は、この時、乗客は誰も知らなかったのだが、このバイカル丸は神戸へ戻った後、それきり客船としての務めを打ち切られることが決まっていた。その理由は、この七月七日に北京郊外で始まった日本と中国との間の武力衝突と関係していた。

当初政府はこの衝突はこの場限りにすると言明していたのだが、軍が全面的戦争にする主張を全く崩さず、政府に対し方針変更を極めて強く迫ったため、Kたちが神戸から大連への航海を始めた二日目の八月十七日、政府は軍の方針に従うことを閣議で決定した。

それによって、陸軍は上海での本格的な戦闘の準備を公然と進め、そこでの戦闘によって負傷した将兵を日本へ運ぶ病院船を増やすことにしたため、バイカル丸にその白羽の矢が立ったのだった。

バイカル丸は総トン数五二六六トン、時速十七マイルで航行し、最大旅客数は八〇〇名、三菱長崎造船所で大正十（一九二一）年九月に竣工していた。それで、神戸へ戻り次第長崎造船所で応急の改装をした上で、八月二十三日上海上陸戦闘開始の軍の予定に間に合うように、現地へ直行することになっていた。したがって、航海中にその事を知らされた船員たちは、この八月十九日の朝、その思いを込めて乗客を見送ったのだった。

昭和初期の大連港　「大連旧影」人民美術出版社より

一方、こうしてバイカル丸を後にしたKは、地上からの高さ十数メートル、埠頭までの距離およそ百メートルのブリッジを、しっかりした足取りで歩くおばあちゃんを先頭にした小畑さん一家に遅れないよう、わき目もふらず歩いて行った。そして、

「さ、着いたわよ、K君！」

小母さんの明るい声とともに、コンクリート製の立派なビルの中に入り、人々の流れに従って左へまがったとたん、Kは思わず立ち止まってしまった。

（何て長い建物なんだろう）

巾十数メートル、百メートル以上ありそうな廊下のような長い空間だが、天井の中央部がずーっとガラス張りになっているためとても明るく、まっ白い四角な柱が五、六メートル間隔で向かい合って、まっすぐきれいに並んでいる。

天井を支えているその白い石造りのような柱の列が仕切りになっているらしく、出迎えの人がびっしり詰めている間を、乗客はぞろぞろと流れるように歩いて行く。

その出迎えの中には、名前を書いた白い紙を高く掲げながら、

「○○さん、いませんか」

と叫んでいる人もいれば、団体らしい旗を広げて見せている人もいる。

そうして、うまく出迎えの人と会えた乗客は、次々と柱の向こうへ消えていき、中央の通路を進む人は、次々と減っていく。そのため、二十メートルも行くうちに、Kたちの前を進む人の数は初めの三分の一程になり、両側に並ぶ白い柱の列がハッキリ見通せるようになってきた。

(ヒゲの叔父さんたち、どうしたんだろう)

そう思っている間に出迎えの人も次々と奥の方へ移動していき、出会えた人たちはぞろぞろと玄関口の方へ歩いて行く。

「ちょっと待てよ。うっかりして、通り過ぎてしまったんじゃないかなぁ」

小畑さんがそう言って立ち止まり、後ろの方を振り返ってあちこち見回し始めた。その間もブリッジを渡ってこっちへ入ってくる乗客がつづいている。

「何してんの、お父さん。早くタクシーに乗ろうよ」

一年生の坊やがそう言って小畑さんの洋服の袖を引っぱった時、小母さんのかん高い声がひびいた。

「あっ!　あすこ走ってくるの、先生たちじゃないかしら」

「えっ？　……ああ、兄もいます」

玄関口へ向かう人の流れに逆らって、急ぎ足でやってくる三人連れだ。Kが手を振ると向こうも気がついたらしく、一斉に走り始めたので、こちらは立ち止まって待つことにした。

先頭に走ってきた学生服姿の松夫兄が、

「すみません！　ぼくが遅れてしまったんで……」

と頭を下げている所へ、あとの二人もやってきた。

「いやぁ、ごめん、ごめん」

「心配されたでしょう、ごめんなさいね」

そこで、人通りの少ない場所へ移動して双方が向き合ってご挨拶となった。Kはどこにいたらよいかちょっと迷ったが、どっちでもない脇の方でそっと立った。

「この度は面倒なおねがいをお引き受けいただき、まことにありがとうございました」

「いいえ、私どもはただご一緒しただけで、ともかく無事にお渡しできてほっとしました」

「いろいろご迷惑をおかけしたんでしょうね、奥さん」

「いえいえ、ちっとも手のかからない、しっかりしたお子さんで、ほとほと感心していたんですよ」

「それじゃK君、ごあいさつしなさい」

それでKは小畑さんたちの前に立ち、帽子をぬいで頭を下げながらはっきり言った。

「どうもありがとうございました」

これでKの引き渡しはすっかり終わり、役目を果たした小畑さんたちは、お年寄りもいることだから、これからすぐに旅順へ帰ると言い、こっちの四人は大連で少し用事をすましてから帰るというわけで、まず動き出したのはやはりお年寄りのいる方だった。

こうして、小畑さんたちが体を寄せ合うようにして歩いて行くのを見送った後、まっ先に口を動かしたのはヒゲの叔父さんだった。

「さて、K君、よくやって来たね」

「そうよ。去年茨城へ行った時、まさかこんな日が来るなんて思いもしなかったわよね」

「自分もまだ信じられないくらいです。お前もそうじゃないか、K坊」

「ハイ……ほんとに、夢みたい……」

「でも夢じゃないのよね。ねぇ、その辺の空いている椅子でちょっと一休みしません？」

叔母さんの提案で腰をおろしたとたんに、Kはかなり足がだるくなっているのに気がついた。すかさず叔母さんがハンドバッグから小さな紙箱をさし出した。

「さ、キャラメルをどうぞ。グリコだから元気出るわよ」

言われる通り口に入れたKは、思わず「うわぁ、あまい」と言いそうになった。これまでは「少年倶楽部」にのっている広告で見るだけだったキャラメルだ。

そのKの隣に腰をおろし、自分もキャラメルを口にした叔父さんは、自分のバッグから教科書らしい本を取り出して、Kのひざの上にそっと置いた。

表紙に『小学国語読本 巻八』と書いてある。叔父さんは、だまったままその表紙をめくり、目次のページを開けて、その一箇所を指さした。

「第四　大連だより」

キャラメルを口に入れたままだから、二人とも無言の行(ぎょう)だが、気持ちは十分通じている。

Kはその本文が出ているページを開くと、すぐにだまったまま読みだした。これはKがこの秋から習う教科書で、この課は、何県かから大連へ転校してきた四年生男子が、以前通っていた学校の同級生に大連の様子を知らせる手紙だった。その文を夢中になって読みふけるKの姿に、叔父さんと叔母さんはうれしそうにうなずき合っていたが、もちろんKは気づきもしなかった。

そうして、つづく第五課「朝の大連日本橋」と題する詩まで一気に読み終えたKが、吐息をついて顔を上げるのを待って、叔母さんがゆっくり話しかけた。

「それでね、K君、これから、そこに書いてある大広場や日本橋へちょっと行ってみたらどうかしらと思うんだけど、どう？」

「……歩いて行くんですか」

「ううん。長旅の後だし、四人乗りの馬車(マーチョ)でよ」

「それって、自分も一緒にということですか」

「もちろんさ、松夫君。二十ページの写真がこの埠頭だろ？　そこから、次のページに出てる大広場まで一・五キロ、大広場から日本橋までが〇・七キロ、日本橋から大連駅前までが〇・八キロ、のんびり馬車にゆられての大連見物だ。さ、行くぞ」

そこで、一斉に立ち上がった四人は、埠頭の半円形をした玄関口の階段を降り、客待ちをしていた馬車に乗り込み、Kと叔父さんが前向きの座席に並び、残り二人が向き合う形になった。

そして、駆者席に坐っている、お椀型の黒い帽子を頭にのせ、ぞろりと長い黒い衣装を身にまとった駆者に、叔母さんが何かペラペラと言うと、その人は二、三度うなずくなり、手に持っていた長い鞭を派手に振り回し、
パチーン！

と鳴らした。

どうやらそれが馬への合図だったらしく、馬は正面に伸びる大通りの方へ力強く歩きだした。当然これもKには生まれて初めての乗物だったから、最初は少し緊張したのだが、ゴトゴトもせず揺れもせず、リズムよく前進する馬に安心して任せればよい気持ちになったら、周りを眺めるゆとりも出てきた。

すみ切った青空の下、日は照っているが暑くはなくてカラッとしており、みどり豊かな街路樹がきちんと並ぶ大通りは、中央をみどり色の電車が時々チリンチリンと鳴らしながらすべるように走るほか、人力車から大型トラックまで、さまざまな車がどれも行儀よく走っている。

巾の広い歩道をへだてた両側には、堂々としたビルディングが次々と並び、大連商船とか、大連汽船、大連税関、日本郵船などといういかめしい名がつけられている。

——町の建物は西洋風で、並木の美しい有様は、お送りした絵葉書で分かったことと思います。

（「大連だより」にある通りだな）

そう思った時、叔父さんがKの肩にさわり、視界が開いている右の方をさして言った。

「K君、このずーっと先に何が見える？」

「えっ？　えーと、ああ、煙突です」

これも出ていたと思って教科書をめくってみると、

「初めロシア人がここを開いた時、ダルニーと呼んでいました」と書き出された一節に、こんな文があった。


――ロシア時代で思い出しましたが、その頃造られた大きな煙突が、埠頭の近くにそびえています。一時は東洋一とまでいわれた煙突です。設計はしたものの大きくて、ロシア人も造りかねていましたのを、当時ここに来ていた日本の若い技師が引受け、見事に造り上げて、皆をあっと驚かしたということです。


「ここで問題だ。松夫君、あの煙突、何メートルぐらいあると思う？」

「さあ、煙突なんだから、三十メートル、いや、二十メートルぐらいです」

「わたしはもっとあると思うわ。だって、あんな遠くに見えてるんだもん」

「K君はどう思う？」

「……東洋一と書いてあるから、三十メートル、くらい」

「実は、あれは、六十四メートルもあるんだ。高いだろう」

「そんな高い煙突、何に使うために造ったんですか」

「それは、火力発電所、つまり石炭をもやしてモーターを動かして発電をするためなんだ」

「あれ、今も使ってるんですか」

「今は満鉄のだいじな発電所だ」

「も一つ、あれ、いつ頃造ったんですか」

「今から三十四、五年前、ここがロシア領だった、つまり日露戦争の前の頃だ。その頃にここへ来ていた日本人技師がいたんだね」

Kと叔父さんのこのやりとりを、巾の広い軽そうな帽子のかげからうれしそうに見ていた叔母さんは、二人の話がとぎれたところで、ちらっと前方を見て言った。

「あら、もう大広場よ。広いでしょう、K君」

中心部をこんもりとしたみどりの木々に包まれた、直径約二百十メートルのまん丸な広場には、教科書の写真に出ているような、石造りのさまざまな形のがっしりした建物が、見事に勢揃いしていた。

叔父さんは、馬車で一周する間、それぞれの建物の説明をしてくれて、松夫兄は熱心に耳を傾けていたが、Kの心に残ったのは、写真の向かって左側の、この二十年前にできたという大連市役所と、その三年前にオープンしたという正面右の大連ヤマトホテルだった。

この大広場からは、合計五本の道路が広場の中心をつらぬく形で、ピッタリ等間隔に伸びており、Kたちが乗った馬車は、ヤマトホテルと市役所の間を北へ伸びる、やや広い通りを進み出した。

「この通りが教科書に出ていた大山通。日露戦争の日本軍総司令官の名をつけた道で、乃木町も東郷町も、この通りの脇の方にある町だ。大連でも旅順でも、初めのうちはそういう名前のつけ方をしたんだな」

そんな話をしているうちに、教科書二十八ページの挿絵そっくりのほっそりした時計塔が見えてきて、間もなく馬車はその正面の道路脇に停まった。

「今は昼間だけど、その詩は、ここの朝早くの風景を表わしてるから、K君、声を出して、ゆっくり読んでくれないか」

昭和初期の大連　上から大広場、大連市役所、大連ヤマトホテル
「大連旧影」人民美術出版社より

「ハイ。……第五、朝の大連日本橋」

「橋の時計は八時に近い。……その下に、老いたロシア人が、……パン箱を胸に下げて立っている。……敷石を見つめたまま、動こうともしない。

出勤を急ぐ人たちが通る、……勢いよくステッキを振り振り、靴音を立てて。……すれ違いに自動車が来る。……小僧さんの自転車が後に続く。……電車がごうごうと走って来る。

橋の下を、……鐘を鳴らして貨物列車が行く。石炭を山程積んで、……白い煙を橋の上に吹き散らしながら。……埠頭の方は、……煙やもやで灰色にかすんでいる。

ロシア町波止場の海が、……赤煉瓦(れんが)の建物のすきから見えて、……ジャンクが静かに浮かんでいる。」

読み終えて、三人から一斉に拍手が聞こえたところで、叔父さんがしめくくった。

「その日本橋の向こうのロシア町の、少し先にある波止場に、その挿絵みたい帆かけ舟、ジャンクの帆が見えるという、ここの朝の様子なんだね。さて、以上で国語の勉強はおしまいにしよう。K君、ご苦労さん。では、その文章には書いてない新しい名所へ行こう」

そこで叔母さんがまたペラペラと駆者のおじさんに言い、鞭が大きく振り鳴らされて馬は力いっぱい歩き出した。

この時、Kはさっきこの詩を読み出しながら、ふっと頭に浮かんだ疑問があったのだが、馬車が動き出すにつれて見え始めた街の様子に、すっとひきつけられてしまった。

この道はさっきの大山通りの更に半分程しか巾がなく、両側の家々も、木の扉がついたレンガ作りの平屋で、小さな商店ばかりつづき、人の姿がぐっと多い。しかもそれが中国服の人ばかりだったから、Kにとってはこれも珍しい眺めだったし、新たな疑問も出てきた。

「叔父さん、今、大連には、日本人やいろんな人がどのくらい住んでるんですか」

「ああ、現在の人口だね。七月に受け持っている六年の子らと調べたから、よくおぼえてるよ。去年初めの統計だけど、日本人が約十三万五千人、満州人が二十二万五千人、その他が二千八百人、合計三十六万二千八百人だった」

「満州人がやっぱりうんと多いんですね」

「ここへ来れば仕事があると思って、山東省辺りからどんどん渡って来てるらしい」

「じゃ、その他ってどんな人ですか」

「ロシア人や蒙古(モンゴル)人、朝鮮人、これが一番多いかな、それにインド人もいるし……」

そう聞いたとたん、Kはさっき浮かんだ疑問を思い出した。

あの橋の前で立っていたロシア人のおじいさんは、どうしてあんな所へ出て来てパンを売っていたのか、どうしてうつむいたままだまっていたのだろう。

だが、この疑問を口にする前に叔母さんの声が聞こえてきた。

「ほら、K君。見えてきたわよ。大連駅」

そして、叔母さんはまた駆者の叔父さんにペラペラしゃべり、まっ白い長四角の建物が少しずつはっきりしてきて、やがてその真正面で馬車は止まり、四人は路上に降りた。

そこで叔母さんが代金を払っている間に、叔父さんは、青空の下にクッキリ浮き立って見える駅を指さしながら説明を始めた。

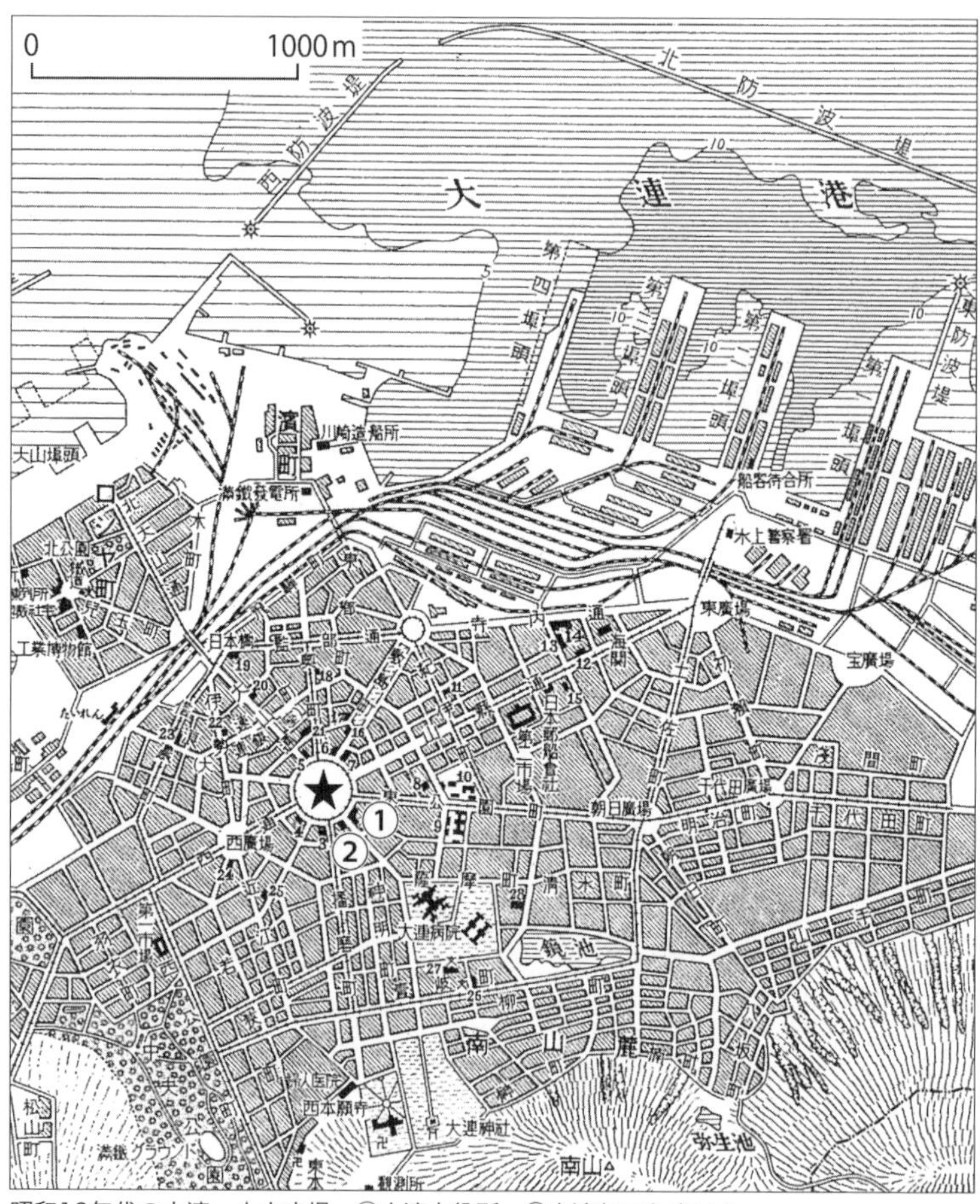

昭和10年代の大連　★大広場、①大連市役所、②大連ヤマトホテル

それによると、今見えている駅舎自体は横巾約二百メートル、高さ二十メートル、東西に伸びるゆるやかなアスファルトの坂を上って行くと、正面中央が乗客の入り口になっていて、自動車や人力車が横付けできる。その下正面は汽車を降りた人たちの出口になっていた。この乗り降りの使い分けは、人の動きを見ているだけでKにもすぐ分かった。

「今年三月に開業されて、特急あじあ号をはじめ、北京やハルピン、その他各地へ向かう列車が次々と発着しているから、君も大いに利用することになるだろう」

「はい」

「それはそうと、松夫君は、ここのインド人夫婦がやっているカレーライスの店は、入ったことあるかね、舌がしびれる程辛いんだが、後味がうまくってねぇ……」

「あなた、それよりも三越へそろそろどうですか。K君もお腹(なか)すいてるでしょうし」

「うん。K君、ほら、こっち側の向かって右にスラッとしたビルが見えるだろ？　あれが東京の日本橋に本店がある三越百貨店の大連支店だ。あの建物も、駅の開業に合わせてこの春改築したばっかりなんだ。それじゃ、この大通りを突っ切って、三越デパート目ざして出発ーッ」

実は、ここにもKには生まれて初めての体験が待っていた。それは、三越が東京の本店で全国最初に設置したことで有名になった自動式階段、エスカレーターに乗ることだった。

Kは、前以て叔父さんから要領を聞いた上で、叔母さんやほかの利用客の足の運び方を見、叔父さんにリードされてどうやら乗ることができ、二階で待っていた叔母さんに手をつないでもらって降りることもできた。

「さすがK君、運動神経がいいのよね」

と叔母さんにはほめられたが、実際にはコチコチに緊張してのおっかなびっくりの挑戦だった。

この日、叔母さんがKをぜひ連れてこようと思っていたのは、この二階にある子ども服売り場だった。ここでKは否応なしに着ている物を全部脱がされ、叔母さんの言う「ここの子」らしい服装、短い半ズボンと軽いシャツに編み上げの革靴姿に変えられた。

こうしてKの着がえがすんだところで、Kは松夫兄につれられて便所へ行き、朝以来たまっていた小便をすました上で、五階の食堂へ向かった。

そこで四人用のテーブルにつくなり、叔母さんが訊いた。

「わたしたち、三越じゃ夏はザルソバに決めてるんだけど、K君も松夫さんもいい？」

そう言われてもKは答えに困ったが、松夫兄があっさり言ってくれた。

「ええ、けっこうです」

その間、叔父さんは広い食堂内をさかんに見回していたが、間もなく言った。

「あっ、いた、いた。ちょっと……こっち、こっち」

そして、近寄ってきたウェイトレスに、すらすらと注文した。

「ザルソバを、松夫君は三枚だな、僕は二枚、あとは一枚ずつで、計七枚だ」

「ハイ、かしこまりました」

その若い制服姿の女の子が去って行くなり、叔母さんがいたずらっぽい表情で、松夫兄にそっと言った。

「この人、ここへ来たらあの子にしか注文言わないのよ。一番かわいいからなんだって」

これもまたKには思いもよらない一言だったから、どんな顔をしているのだろうと思って叔父さんをちらっと見ると、片手でひげをひねりながらのんびりメニューをのぞいていた。

それからソバが運ばれてくるまで、Kは叔父さんたちから船中のことで質問攻めに合った。そうして、その注文のソバが届き、

「いただきまーす」

と食べ始めたのだが、松夫兄の食べっぷりの見事なこと。Kが半分も食べないうちに三枚ペロリとたいらげて、

「あーうまかった。ごちそうさまでした」

そばにつけるおつゆも本当においしかったから、Kも、今度ここへ来たらまたこれにしようと、早くも心に決めたのだった。

それからどうやって一階まで降り、どうやってバス乗場まで行ったたか、Kには全く記憶がない。旅順行のバスに乗って、松夫兄と並んで座席に着くなり、ぐっすり眠り込んでしまったのだった。昭和十二（一九三七）年八月十九日木曜日、これがKの大連到着の半日だった。

第二話●ラジオ体操

こうして、昭和十二（一九三七）年八月十九日午後から、Kは、現在は中国東北地方、遼寧省の一部だが、当時は日本の領土のようになっていた関東州旅順市に住むことになった。

公式記録によれば、この年の旅順市の人口は、日本人が一万一千五百人余、中国人が約二万人で、日本人の居住地は、白玉山東部の軍港に接する旧市街と、ゆったりと広い西湾に面している整然とした新市街とに二分されていて、小学校も別々にあった。

その旧市街の中心地は港寄りのせまい平地にある乃木町、鯖江町、青葉町などで、そこにはいろんな会社や商店、飲食店、映画館などが軒を並べ、その周辺に公共機関が散らばっていた。

Kが住むことになった家は、その中心部から東へゆるやかな坂道を四、五百メートル行った伊知地町で、先生や役所勤めの人のための煉瓦造りの平屋の小じんまりとした官舎が、十数戸並んでいる静かな所だった。Kの叔父さんたちは、韓高有という中国人のボーイと、フリッツという名の大型のシェパードと暮らしており、そこにKも家族の一員として加わったのだった。

着いた翌朝、Kは、朝食前の日課の一つとして、叔父さんと一緒にフリッツを連れて、町の裏手にある要塞山と呼ばれている小高い丘へ行き、十分間ばかりフリッツを引き紐から離して自由にその辺を駆け回らせた。

「こいつは今では年をとって動きも鈍くなっているが、我が家の大事な番犬で、ハッキリ命令しさえすればきちんと行動するようにしこんであるんだ」

そう言って、叔父さんは、「来い」とか、「お坐り」「伏せ」など、いくつかの基本動作を実演した上で、早速Kにもやらせてくれた。

そして、あちこち自由に動き回っているフリッツを眺めながら、叔父さんは十年ばかりの間にあったフリッツのあれこれを話してくれたが、その途中でフリッツがちよっと立ち止まって叔父さんの方を振り向くと、その度に、「もう暫く動いてていいぞ」とか、「今お前がやったいたずらの話をしてたんだぞ」とか、親しげに声をかけていた。それは、行き帰りの間でもずっと同じ調子だった。

だから、家に戻り着いた時、

「どうだ、明日からでも自分で連れてこれるかな、K君」

と訊かれた時、少し途惑いながらも、

「ハイ。やってみます」

と答えたのは、叔父さんがやってたようにすればいいんだと思ったからだった。

この日は、朝食をすまして一服した後、三人揃って外出し、家族ぐるみで親しくしている乃木町の貿易商、西野さんの家へ挨拶に行き、応接間に通されておいしいケーキを食べた。このご夫婦は二十五年以上前からここに住んでいる、旅順の草分けの一人だということだった。

それからその辺を散歩して、どの建物が何なのか次々と説明してもらったが、Kはほとんどおぼえられなかった。ただし、青葉町の紙屋の江里口さんではノートなどを買ってもらい、青葉町と鯖江町の角の本屋さんでは算術の問題集を買ってもらった。

「ここからは毎月『講談社の絵本』を配達してもらってるんだ」

西野さんにはKの一年上と二年下の男の子がいたし、江里口さんにはKと同学年だがクラスは違う、体格のよい男の子がいた。どちらもずっと年上の兄さんや姉さん、年下の弟や妹もいるそうだった。

その後のんびりした気分でアカシヤの並木道をぐるっと遠回りして家に帰り、お昼は叔母さん特製手作りの餃子（現在のギョウザのこと、中国の標準語はジャオズ）と、八宝菜をお菜にして三人共満腹になった。

そのせいか、Kはぐっすり昼寝をし、放っておかれたら夕方まで眠ってしまったかも知れない。しかし、夢の中で美しい楽の音が聞こえてきて、それが次第に大きくなり、目がさめてみたら隣の客間のふすま越しに聞こえる音だった。

その主は、江里口さんの一年生の陽子ちゃんと、その向かいの深川歯科医院の一年生君子ちゃんで、叔母さんに毎週ピアノを習いに来ていて、今日はその稽古の日だった。

……というように、生まれて初めての体験を、これでもか、これでもかとし通しだったが、その翌日、更にまた思いがけない出来事がKを待っていた。


さて、旅順へ来て三日目になったその朝、Kが目をさました時には、両隣に寝ていた二人のふとんは片付けられ、二人の姿も消えていた。

それでKが急いで着換えてふとんを押入れにしまい込み、物音に気づいて窓の外を見ると、前の道路で叔母さんはリズムよろしく縄跳びをしており、叔父さんは、「エイッ！　エイッ！」と竹刀を振りかぶっては振りおろす、素振りをやっていた。二人共まっ赤な顔をして、汗がキラキラ光っている。

（あ、そうか。あれが叔父さんたちの朝の日課なんだ。それじゃ僕はどうしようか。ああそうだ、フリッツを連れて一緒に走り回ろうか……）

こんなことを思いながら便所へ行き、洗面をして部屋に戻ると、二人が汗びっしょりで玄関に入ってきたところだった。

「お早うございます」

「あ、起きてたのね。お早う。ほら、わたし汗ダクでしょ、すぐお風呂場で拭いてきまーす」

と叔母さんは奥へ向かい、叔父さんは居間で稽古着と袴をぬぐと、乾いたタオルで全身を拭いながらKに話しかけてきた。

「君も何か……、お、そうだ。ちょうどいい時間だから、今すぐ行けば間に合うだろう。ラジオ体操をしに行かないか」

「え？　ど、どこへ行くんですか」

「西野さんのお宅の手前、バス会社の向かいにある公園だ。あすこで夏休みには毎朝ラジオ体操をやってるんだ」

「で、でも、フリッツの運動は……？」

「帰ってからでも時間はあるさ。さ、急いで出かけないと遅刻するぞ。早く早く」

「ハ、ハイ……」

あわててKが玄関へ出てズックをはいているうちに、さっさとチェーンをはずしてドアを開け、先に外へ出た叔父さんは、家の前に立って白玉山の方を指さして言った。

「この道を下って行くと道路にぶつかるからそこで右に折れると、白玉山の上の白い表忠塔が正面に見える。そっちに向かってまっすぐ行くと青葉町になり、乃木町の通りにぶつかる。その角が公園だし、ラジオが鳴ってるからすぐ分かる。君の足でも、六分もあれば着くだろうから、元気に行っといで」

「えっ！　ぼ、ぼくひとりで、ですか」

「そうさ。きのうピアノの稽古に来た一年生の女の子だって、自分たちだけで平気でやって来るんだよ」

「……」

その時、家の中からかん高い声がした。

「あなたァー、ちょっと来てえ」

「じゃあな、行ってらっしゃい」

そう言い残して叔父さんは入っていった。

こうなったら行くしかない。Kはなだらかな下り坂をとぼとぼと歩きだした。

誰かやはりラジオ体操に行く子はいないだろうかと思いながら、並木道を歩いて行くのだが、客待ちをしている人力車が見える他は、陸軍の兵隊さんが一人、二人急ぎ足で歩いていくだけだ。

そのうち右へ曲がって少し行くと、ラジオからからしいリズミカルな歌声が、とぎれとぎれに聞こえだした。

そう言えば去年七月半ばに習った読み方の教科書に「日記」という課があり、その最初の八月一日の記事として、朝早く学校へ行ってラジオ体操をしたと書いてあって、十人程の大人や子どもが一斉に体操をしている色刷の挿絵も添えてあった。ところが、その授業の時、担任の男先生は、こんなことは都会のハイカラな流行だと言って一回読んだだけだった。つまりあの学校でK自身はまだラジオ体操をやったおぼえがなかったわけで、それが気を重くしている根本原因だった。

だから、ようやく公園の入口に着いて、三、四十人の人がラジオの号令に合わせて一斉に体操をしているのを目のあたりにしたとたんに、足がすくんで前へ一歩も進めなくなってしまった。

それで、そばの立木のかげに身を寄せて、皆のやっているのを見物することにした。

よく見ると、六、七人大人がいる他は小学生ばっかりで、白シャツに白ズボン姿の先生らしい男の人が台の上で皆に向いて立ち、ラジオから聞こえる号令とピアノの音に合わせて、きびきびとお手本を示している。

「……つづいて体の曲げ伸ばし、一、二、三、四……」

これは足を左右に開いたまま膝を曲げないようにして両手を頭の上に伸ばし、はずみをつけて上半身を三回前に倒したり起こしたりし、次は両手を腰に当てて上半身をぐーっと後ろに反らせるという、ややゆっくりした運動だった。だからKもその場で先生の通りにやってみることができた。

しかし、その次、

「次は体をひねる運動、一ー、二ー、三ー、四ー……」

この号令に合わせて足をやはり左右に開いたまま、両腕を大きく振り回しながら体をひねる運動で、Kも真似をしながらやってみようとしたのだがどうにもうまくいかず、体がついていけずにいるうちにすんでしまった。

その次は、まず正面を向いたまま両腕を肩の所で折り曲げ、左足を左へ出すと同時に両手を指先までまっすぐ上に伸ばし、次にその手を肩に戻しながら左足も戻して手をおろす。つづいて右の手足を同じように動かすと言う、キチンキチンと節度が保てる動きの繰り返し。これはKも二回目はどうやら間違わずにやることができた。

だがその次、足を大きく開き、両手を揃えて突き出して上半身を前に倒し、その両手を伸ばした姿勢のまま、上半身全体で自分の周りの空気をぐるーっと大きくなでるようにする運動は、先生がやるのに見とれているうちにすんでしまった。

そしてその揚げ句、

「胸を大きく広げて、深呼吸ーっ、イーチ、ニー、三ー四、五ー六、シーチ、八」

これで終わりだった。

「では、明朝またここでお会いしましょう」

という先生の声と共に皆一斉に動き出した。それでKは急いでわきへ寄り、小学生が帰って行くのをやり過ごした上で自分も帰路についた。

すると、面白いことに、行く時と違って帰りは足取りが軽くなったばかりか、辺りを眺めるゆとりも出てきた。

今が盛りとみどりの葉を繁らせているアカシアの並木に、三羽、四羽と鳴き立てているスズメがいる。家々の屋根にとまってカラスが変わらぬ声で鳴いている。何を売る店か分からないが、金ピカの漢字を並べた看板の店々が次々と連なり、中にはその扉を開けて長い煙管で煙草を吸っている、長い服を着て黒いお椀のような帽子をかぶった中国人がいる。こんな人を含めて中国人のことは満人と呼ぶのだと、きのう叔父さんに習ったばかりだ。

そんなことを思ったりしているうちに、もう家に着いたから、玄関の戸に口を近づけ、

「ただ今ーッ」

間もなくドアを開けた叔母さんが訊く。

「お帰りなさい。ちゃんとやってきた?」

「え? ええ、行ってきました」

と口ごもりながら答えたとたんに、家の外で声がした。

「坊っちゃん、フリッツが待っていますよ」

家の横の庭の出入り口に韓高有がキイを手にして立っており、フリッツが塀に跳びかかっては鼻を鳴らしている。

「じゃ、行ってらっしゃい。帰ったらすぐ朝ごはんですからね」

「ハイ、行ってきまーす」

要塞山の地面は、旅順地区のどの土地もそうであるように、四角いビスケットのような板状の岩のかけらが何層にも重なりあっているせいで、表面はガサガサ、ザラザラしている。そのため立木はほとんどなく雑草やはい松などの浅い茂みがいくらかある程度だ。

Kは、登り口に立ったままの韓高有にはかまわず、引き紐をはずされて喜んで動き回るフリッツの後を追うようにして、ズルズルすべりがちな斜面を踏みしめながら、がむしゃらに歩き回った。

だから、韓高有から、

「坊っちゃん、もう帰りましょう」

と言われて家へ戻った時は汗びっしょりになっていて、叔母さんにピシャリと言われてしまった。

「まあ、ひどい汗。すぐ裸になってバスタオルでよーく拭きなさい!」

その後の朝ご飯のおいしかったこと。一方叔母さんはその日は勤めている中国人の子らの小学校、旅順公学堂の日直当番に当たっているそうで、大急ぎで食事をすますと後片付けも叔父さんに頼み、そそくさと出かけて行き、これ幸いとばかりに韓高有も追いかけて行った。それで、Kは、叔父さんに言われるまま、茶碗やお皿などを台所へ運ぶ手伝いをした。

そうして、今朝はこれから何をしようかと思いながら、ふっと気が抜けた感じで、自分の勉強机に向かって腰掛けていると、台所仕事が終わったらしい叔父さんが、戻ってくるなり話しかけてきた。

「なあ、今思いついたんだが、君はひょっとしたらこれまでラジオ体操をしたことが……」

「ええ、ありません。人が実際にやってるところを見たのも、今朝が初めてでした」

「そうか。もしやと思ったけど、ふーん、そうだったのか」

ひげをなでながらしきりにうなずいている叔父さんの様子を、Kがけげんな顔で見ているのに気づいたらしく、叔父さんは、隣の部屋へ行ってピアノの蓋を開けると、

「じゃ、この曲は知ってるかい」

と、立ったままポンポンとひき始めた。

「ああ、その曲、今朝も公園へ行く途中で鳴ってました。沓掛のうちのラジオでも何回か聞いたおぼえがあります」

「そうか。こんな歌なんだね」

そこで、叔父さんはちゃんと腰をおろすと、両手でひきながら口を大きく開けて歌い始めた。昭和六年に制定された、小川孝敏作詞、堀内敬三作曲の「ラヂオ体操の歌」だった。

〽おどる朝日の光を浴びて
まげよ伸ばせよ、われらが腕（かいな）
ラジオは叫ぶ、一、二、三

この一番だけを三、四回歌ううちに、Kも独りで歌えるようになった。

「よし。これで一時間目の授業は終わり。次は二時間目まで少し休憩」

「ハイッ」

それでKが台所へ行き、冷えた麦茶を飲んで居間に戻ってくると、叔父さんは白い長袖シャツに白い長ズボンという格好に着換えていた。今朝公園で見たあの先生そっくりだ。

「さ、二時間目は何の授業か当ててみろ」

「ハイ、体操の授業です」

叔父さんはテニスの選手で、ピアノの横にはあちこちの大会で獲得した優勝カップが三つも四つも飾ってある。剣道も二段の腕前で、新市街にある師範学校の剣道場へ毎週通っているのだそうだ。

そこで二人はズックをはいて裏庭へ出、喜んで体をすり寄せてくるフリッツに
「ごめんなフリッツ。しばらく静かに見物していてくれ」

と言い聞かせて庭の隅につないでやり、二人は少し間を開けて一対一で向い合った。

「では、気を付け！　礼！」

その「気を付け」の姿勢の指導から、この特別授業は始まった。あごを引いてまっすぐ前を見、肩の力は抜く一方で両腕は体の真横で指先まできちんと伸ばして中指がズボンの筋に合うようにし、同じくまっすぐ伸ばした両足は、かがとをきちっとくっつけてつま先は四十五度に開く。という調子で細かいていねいな指導だった。

「ではラジオ体操を始めるぞ。姿勢を正しくして。一番目は背伸びの運動ー、一、二、三、四……」

これは号令自体も何となくゆったりしており、お手本を示しながらの叔父さん先生の説明はこうだった。

「これは、起きて間もない自分の体に、よく休めたかぁと呼びかける感じの運動だから、ゆっくり大きく伸びればいいんだ」

それでKもあくびでもするような調子でやってみせると、

「その調子、その調子」

とほめられて、これはすんだ。

だが、第二番目、両腕を前に交差した上で次はそれぞれ左右に振りながら、それに合わせてかがとを上下すると共に膝を曲げ伸ばす運動だった。これは特に膝の開け方が前に行かないようにすることが肝心だそうで、細かく注意された。

こんな風に運動によっては注意すべきポイントが二つも三つもあるものもあり、長いものでは一つの運動をこなすのに十分もかかったりした。だから、途中で十分程休憩をはさんだため、最後の十三番目の深呼吸まで二時間近く経っていた。

そうして最後に叔父さんの号令に合わせてKだけで全部通してやった時は、叔父さんも大拍手だった。

「いやあ、よーく頑張ったなあ。完全に満点合格だ。これで、明日の朝からは胸を張ってやればいいぞ」

「ハイッ。ありがとうございました」

見ればフリッツは犬小屋におさまって、気持ちよさそうに眠っており、叔父さんがくさりをはずしてやっても、ちょっと薄目を開けただけだった。どうやら見物しているだけで疲れてしまったらしかった。

二人が居間に戻った丁度その時、ピアノの上の大きな平べったい置時計がやさしいメロディを鳴らしだした。

針は十一時を指していた。叔父さんの話によると、このピアノも置時計もどちらもドイツ製で、時計が鳴らすメロディはロンドンのウェストミンスターの時計塔のチャイムの曲だという。だからKはその後大人になってからも、このメロディを聞く度に、これを日夜聞いて育った子供時代を思い出したのだった。


その部屋で叔父さんはこれから新聞をじっくり読むというので、Kは自分の机で本を読むことにした。

前々日初めてこの家に着いた時、Kが一番嬉しかったのは、Kのためにズラリと買い揃えておいたという「講談社の絵本」だった。このシリーズは去年十一月に発売が開始され、毎月三冊又は四冊発行されるので、叔父さんたちは、この六月末にそれまで出たものを文英堂書店から一括して届けてもらい、その後七月分が加わったので、この時Kの本棚には計三十冊が勢揃いしていた。例えば『乃木大将』『四十七士』『岩見重太郎』『漫画傑作集』『桃太郎』『曽我兄弟』『大笑い漫画集』『牛若丸』『宮本武蔵』等々。

どれも極彩色で表紙は勿論各ページが実に華やかな絵に彩られ、一、二年生でも読めるようにカナ書きの文が各場面の一画にきっちりまとめて掲げてあった。だから一見低学年向きの絵本のように見えるが、それぞれの内容や文章から考えると、四年生のKにも充分読み応えがあった。とりわけ各冊巻末の数ページにわたる漢字交じりの平がなの関連読み物は、明らかに中学年向きだった。

Kは昨日の午後叔父さんに、早ければ明後日の日曜にでも、松夫兄が新市街の師範学校の寮からやって来たら、二百三高地とか水師営などという日露戦争の戦跡巡りをするつもりだから、その前にこの第一巻『乃木大将』はぜひ読んでおくとよいと言われていた。それでKはこの時とばかりその本を読みだした。

それは、大将が生まれて間もなく侍姿の父母と共にお宮参りをする場面から始まって、凧上げがうまくできずに年上の子に叩かれて泣き出したり、食べ物の好き嫌いが激しかったり、寒がりやだったりする弱虫の子ども時代が何ページも掲げられており、Kは自分によく似ているなと思って調子よく読み進めて行った。

しかし、そのうち急激に眠気に襲われ、机に突っ伏したままぐっすり眠ってしまった。だから、間もなくそれに気付いた叔父さんがそっとタオルケットを掛けてくれたのも、更に十二時少し前、勤めから早目に解放された叔母さんが家に戻ってきて、二人でひそひそ話を始めたのも、Kは全く気がつかなかった。

その会話で最初に口を開いたのは叔父さんだった。

「今朝、君が出かけた後、何となく思いついてあの子に確かめてみたら、あの子、これまでラジオ体操を一ぺんもやったことも見たこともなかったらしいんだ」

講談社の絵本『乃木大将』 昭和11年

「ええっ？　それほんとですか？　そんな子がいたなんて、わたし、信じられないわ」

「その気持ちも分からないじゃないけど、僕としては、そうとすればあの子がなぜ公園の外でモタモタと体を動かしていたのか、その理由が納得できるんだ」

「そうですか？　……でも……」

叔母さんがこんな風に言いつづけるのも、実は、朝のうちにこんな経緯があったからだった。

まず初めに、Kが叔父さんに見送られて独りで公園へ向かって出かけた直後、それに関して夫婦の間でこんなやりとりがあった。

「あなた、あの公園まであの子を独りで行かせたんですか？」

「だって四年生だもの、当たり前じゃないか」

「それでも、来たばっかりだし、もしものことがあったりしたら、わたし姉さんに申し訳ないわ。ねえ、見に行っていただけません？　……お願い」

「うん、分かった」

そうして出かけた叔父さんは、公園の外側に立っているKを近くの建物のかげから見守っていたのだが、間もなく体操は終わりになったので、帰りもKに気付かれないように距離をとって歩き、Kがフリッツを連れて出かけた後、家に戻ったのだった。

その直後のやりとりはこうだった。

「お帰りなさい。あの子、みんなと一緒にちゃんとやってました？」

「いやあ、それがねえ、公園までは行ったんだけど、中には一歩も入らなかったんだ」

「ええっ？　それ、ほんとにあの子だったんですか？」

「そんなもの見間違えるはずないじゃないか。あの子、ずっと垣の外で皆がやってるのを眺めていただけだった」

「でも、あの子が帰ってきた時、あたしが体操してきたって訊いたら、ハイッてちゃんと答えたのよ」

「あいつ、途中で皆の中に入っていくのが恥ずかしかったか、気おくれしたのかなあ」

「それなら、あたしにもそう答えればいいのに、このわたしにうそをつくなんて……信じられない……」

「ま、何か訳があったんだろうが、今はそっとしておいてやろうよ」

「……はい」

こんなことがあったから、叔母さんは公学堂へ行って日直勤務についてからも、気持ちがどうにもすっきりせず、電話がかかってもトンチンカンな受け答えをしたり、予め呼び出してあった生徒に厳しく当ったりしたのだった。

そして、その気持ちを整理できないまま家へ戻り、この午前中、自分が出かけた後、二時間程も体操の特訓をしたことをきかされたのだが、それでも心の中のモヤモヤはなかなか消えなかった。

「でもね、ラジオ体操って、全国どこの小学校でもやってるんじゃないんですか」

「うん。学校向けの放送が始まったのは四年前の四月一日からで、僕も三月初めに講習会に出たから、はっきりおぼえているよ」

「だったら、どうして、あの子……」

「それはそうなんだが、去年行った時に見た通り、あの村の子らには着物姿の子らがあんなにいたじゃないか。だから、あの子の言うとおりまだやっていないだろう。それよりも何よりも、本人が僕の顔を見てはっきりそう言ってるんだから、あの子を信じようじゃないか」

「分かりました。わたしは学校で平気な顔をしてウソをつく子らにしょっちゅう接しているから、どんな子もすぐ疑いの目で見るようになっていたのかも知れません。あなた、ありがとう。わたしもあの子を信じます」

こうして叔母さんはすっきりした気持ちで昼食の支度にかかり、その包丁の音でKは目がさめたのだったが、叔父さん叔母さんの間でこんな会話が交わされていたとは、当然思ってもいなかった。

これをKが知ったのは、この数日後に叔母さんが沓掛の姉さん＝Kの実母に宛てた、このラジオ体操にまつわる一連の経過と自分の心境を率直に詳しく述べた手紙を、戦後間もなくKが沓掛で見せてもらったからだった。それによって、過ぎし日の出来事、とりわけ自分が全く思ってもいなかった陰の真相に、強い感銘を受けたのだった。

なお、そのドラマがあった土曜日の午後は、叔父さんは学校の同僚で二、三軒隣に住む五歳下のテニスのパートナー、山田悦夫先生とテニスの練習に出かけたし、叔母さんは家事がいろいろと忙しそうだった。それで、Kはあの『乃木大将』の後半を読んだ後、同じ「講談社の絵本」の『四十七士』とか『牛若丸』などの歴史を次々と読んだ。

こうして少しずつ新しい土地での新しい生活になじんでいったのだった。

第三話 ● 戦跡めぐり

こうして関東州旅順市（現・中国大連市旅順口区）で新しい生活に入ったKなのだが、昭和十二（一九三七）年当時の日々について書こうと思っても、前回述べたラジオ体操の一件以後については、全く断片的にバラバラにしか憶えていない。

例えば、三学期の始業式が行われたと思われる八月二十六日は、家から十分足らずの旅順第一小学校へ、その学校に勤めている叔父さんに連れられて登校し、担任である熊本県出身の馬場学先生に引き渡された事は憶えている。しかし、その日どこで始業式があったか、学校のチャイムはどうだったか、教室が一階だったか二階だったか、教室でどういう姓で紹介されたか等々、二つも憶えがない。それ以前に、家で新しい両親に「この姓にしてよいな」といつ言われたかが分からない。

したがって、この「生い立ちの記」でも、いつまでも叔父さん叔母さんと書くわけにいかないから、ここからは父、母と書くことにしよう。

その原因は、Kがこの頃を思い出す手がかりとなる個人的資料も極めて乏しいためで、それはこの時点から丁度八年後、わが国の敗戦によって当時住んでいた日本人はすべての家財を没収され、文字通り着の身着のままで内地へ強制的に引き揚げざるを得なくなったからだった。

実はその厳しい状況の下、昭和二十二年三月初め、まだマイナスの気温が続く中を引き揚げる際、母が綿入れの冬服の内部にしっかり隠して、あらゆる印刷物も写真もすべて持ち出し禁止のソ連（現・ロシア）軍による厳しい検査を運よく逃れて持ち帰ることに成功した、一冊のアルバムがあった。

この布製のまっ黒な表紙には、父が黄色い絵の具で書いた「伸び行く姿」とKの名が今もはっきり残っており、昭和十九年頃までの折々の写真が収められていて、両親やKが接した人たちの姿を確かめることが出来る唯一の資料として、Kの大切な宝物になっている。ただし、Kが旅順に行った年に撮った写真は二、三枚しかなく、翌十三年春以降のものが急に増えているのは、この頃から父がカメラいじりを始めたからと思われる。それと共にこれを渡してくれた時に両親が話してくれた、検閲の網をくぐり抜ける際のハラハラさせられる苦心談が、これを手にする度にはっきり蘇って来るのだった。

このアルバムに準じる資料としては、平成五（一九九三）年、創立八十七年目の年につくられた、日露戦争が終わった翌年の明治三十九（一九〇六）年四月に開校した旅順第一小学校の同窓会である白玉会の「会員名簿」があり、Kの同期生として、死亡者を含めて男子四十九名、女子六十三名が載っている。

実は、同校の公式帳簿類は終戦直後にすべて処分されたため、帰国後辛うじて連絡を取り合っていた同校卒業生が、何年もかけて少しずつその輪を広げていき、ようやく戦後第一回の同窓会を開いたのが昭和五十三（一九七八）年五月だったと同名簿冒頭に記されている。

それ以来、会員名簿は二度作られていてその都度新たに判明した氏名が付け加えられ、Kの名が初めて掲載されたのが、この平成五年だった。それ迄分からなかった原因は、Kが同校に在籍していたのが昭和十二年二学期初めから翌年二学期末迄だったからで、同じように一年か二年しか在学しなかった者がかなり多くいたらしい。

そういう者を含めると男子だけで五十名をかなり越えており、だからKの記憶でも、前回述べた紙屋の三男江里口景三君は四年二組だが、本屋の新田利夫君はKの同級だった。

この外にKが憶えている者では南場洋君がいた。それは、熊本弁が抜けないスポーツマンの馬場先生が、誰かが少しでもぐずぐずしていると、必ずといっていい程、「何ばしよっと！」とどなりつけ、その度に皆が南場君の方を見たからだった。

同級生ではもう一人堀江君という海軍将校の息子がいたが、四年の三学期になって転校してきて、一年ほどで転校して行ったらしく、K同様名簿には載っていない。しかし、一緒に撮った写真がKのアルバムには数葉入っており、はっきり記憶に残っているから、後の章で述べるとしよう。

さて、そのアルバムに載っているこの秋に撮った写真に、日露戦争の戦跡で撮ったものがあった。

その一葉には、旅順の北の方四キロばかりの地点にある激戦地の一つ、東鶏冠山（ひがしけいかんざん）北堡塁で松夫兄を含めた四人が並んで写っており、もう一葉では、旅順を守っていたロシア軍の総司令官ステッセル将軍と、日本軍の総司令官乃木大将との会見所として知られる水師営の遺跡で、ナツメの木を挟んで松夫兄とKだけが並んで立っていた。

この日、師範学校の制服を着た松夫兄が新市街から歩いて伊知地町へやって来たのは、多分九時半頃だったろう。この日の予定は父か母が前以て連絡をしてあったようだが、Kにしたら、神戸からの船旅の後に着いた大連埠頭で会い、バスに揺られて旅順入りをしたあの日以来の、十日ぶりぐらいの再会だった。

しかし、兄にしてみたら、小柄なKが叔父さん叔母さんにすっかり打ちとけている様子は一目見たとたんに分かり、かつて茨城でそうだったようにあっさり声をかけ合っただけだったろう。

そして、その頃には母の手作りの弁当も出来上がっていたから、四人揃って勇んで出発し、近くで客待ちをしていた馬車に行き先を告げて乗り込み、母が勧めている旅順公学堂の前を通って北上し、この日第一の目的地である東鶏冠山目指してゆっくりした足取りで進んで行ったのだった。

当時は日露戦争が終わってちょうど三十年経った頃だったから、肉親の誰かがこの辺りで戦死した遺族ばかりでなく、激しかった戦争の跡を自分の目で見ておこうと思う人たちが、春から秋にかけて日本全国各地から毎日のように訪れていた。そのため、この日Kたちが行った二か所と、新市街の北西にある二百三高地、別名爾霊山へ向かう道は、舗装こそしていないものの馬車などもほとんど揺れないようによく整地されていた。

その代表的な戦跡である東鶏冠山は、その名の通り、高地の中にちょっと際立った小高い山で、その西側に列なる望台、盤龍山、二龍山、松樹山等と共に、ロシア軍が巨額の経費と大量の労働力を使って十年近い年月をかけて集中的に築いた、世界一堅固な近代的要塞群の一画だった。

日清戦争後の短期間にそのような大工事が施され、高性能の各種大砲や最新式の機関銃が無数に配備されているとは全く知らなかった日本軍は、東京の第一師団、金沢の第九師団、四国善通寺の第十一師団の合計五万名余の将兵が、乃木総司令官、伊地知参謀長の下、明治三十七（一九〇四）年八月下旬に総攻撃を開始した。

ところが、六日間昼夜を問わず攻め続けたものの、他の要塞とは少し外れた位置にあった盤龍山砲台だけは攻略出来たものの、それ以外は全く不成功に終わり、一万五八六〇名という信じられない数の死傷者を出しただけで、この第一回総攻撃は中止せざるを得なかった。

それで、至急新たな兵力を補給したわが軍は、二か月後の十月末に五日がかりで二回目の肉弾攻撃を試みたが、これも戦死者一〇九二名、負傷者二七二八名を出しただけで何の成果も上げることなく失敗に終わった。それでもめげず、十一月下旬に同じ目標に対し第三回総攻撃を試みたが、又もや死傷者四五〇〇名余の犠牲者のみの失敗だった。

そこで、乃木大将はずっと西の二百三高地のみを目標にして第一師団を中心に六万四千名の兵力を注入して総攻撃をかけ、何度もその山頂を奪い合う十日間に及ぶ死闘の末、戦死者五〇五二名、負傷者一万一八八四名という大量の犠牲者を代価に、十二月六日遂にこの高地を手中に収めることができた。

これによってその山頂に各地の戦況を確かめるための観測基地を置くことが出来たため、暫く攻撃を中止していたロシア軍の各要塞を目標に、長さ一メートル余、底部の直径が二十八センチもある巨大な砲弾を確実に打ち込むことが可能になった。その結果、東鶏冠山は十二月十八日、二龍山は同二十八日、松樹山は三十一日と、次々と占領することがやっと出来たのだった。

そういう詳しい戦いの経過など全く知らないまま、Kはこの日東鶏冠山の戦跡へ向かったのだが、着いたとたんにその陣地のすごさに圧倒されてしまった。

天井も壁も厚さ一メートルもあるコンクリートでガッシリ囲まれた、長さが何十メートルもの四角い箱型の陣地には、大砲や機関銃が設置されていたらしい四角い空間が、東に向かって等間に切り取ってあり、そこに必要な兵員や装備、砲弾等のための居住区や資材置き場等が、やはりコンクリート製で百メートル程の長さの二階建の形で並んでいた。その上、隣りの堡塁との間は、トンネルのような壕によって山の斜面を巧みに利用してしっかり接がれていた。

しかも、この堡塁では、この旅順要塞群の生みの親と言われ、この戦いでの司令官の一人でもあったコンドラチェンコ陸軍少将が、旅順攻防戦最終段階の十二月十五日、ここで作戦会議をしている最中に日本軍のあの巨大な砲弾がヒュルヒュルヒュルヒュルと音を立てて飛んできて、厚さ一メートルのコンクリート製の天井を突き破って爆発した。そのため少将は一瞬のうちに爆死したのだが、その残塁の上にその記念碑が建てられていた。

松夫兄は、ここに立ってみると春に学校から来た時に聞いた説明を改めて思い出したらしく、この陣地の北東側の斜面が黒い軍服を着用した日本軍将兵の死体で底が盛り上がる程、べったりと黒一色に埋め尽くされたという様子を、力を入れて話してくれた。母はその話を聞きながら何度もそっちを向いて手を合わせていたが、Kの頭には、『乃木大将』の絵本に生き生きと描かれていた、日章旗を押し立てたり、軍刀をきらめかしたりして攻め登って来るわが陸軍の将兵の勇ましい様子しか浮かんで来なかった。

その後、四人揃って砲台の後ろの低い所に降り立ち、ちょうど来かかった見学者の一人にカメラのシャッターを押してもらい、それでここは終わりだった。

それから水師営までの馬車ではKは父にもたれてぐっすり眠り、目がさめたら着いたところだったので寝ぼけ顔のまま写真を撮った後、休憩所で弁当を食べたら、やっとシャンとなった。それで平屋の狭い土間の建物の中を、これまた松夫兄の説明を聞きながら見て回り、これで帰るのかと平たい庭を歩きかけていると、母が突然思いがけぬことを言い出した。

「ねえ、K君。さっきここへ来る時、馬車に乗ってすぐ歌ってたあの歌、ここでもう一ぺん歌ってくれない？」

そう言われてみて、Kは父に憶えているかと訊かれて小さな声で歌ってみせたことを思い出した。しかし、ここでは外の人たちも三々五々出入りしている。

「こ、ここでですか……」

「そう。初めはちょっと恥かしいかも知れないけど、この場所であの歌を歌うと、とっても気持ち良く歌えるの。私に聞かせるつもりで歌ってみてよ。ね？　お願い」

こうまで言われたらKも断るわけにはいかない。二メートル程離れて立っている母の華やかな笑顔に引きつけられるような気持ちで背すじを伸ばすと、母がしなやかに動かす指に導かれるようにして、Kはすっと歌い出した。

〽旅順開城約なりて　敵の将軍ステッセル
　乃木大将と会見の　所はいずこ水師営
庭に一本(ひともと)ナツメの木　弾丸跡もいちぢるく
　崩れ残れる民屋に　今ぞ相見る二将軍

このように歌い進め、とりわけ第二節の「ナツメの木」の辺りからは、確かにここで歌っているのだと声にも力が入り、すっかり「いい気持ち」に乗って来た。だから、母がそっと身を退いたのも気付かぬ程、ひとりでに伸び伸びと声を出して歌っていた。

そして最後の第九節、

〽さらばと握手懇(ねんご)ろに　別れて行くや右左

砲音(つつおと)絶えし砲台に　ひらめき立てり日の御旗

を歌い終えてもう一度、

ひらめき立てり日の御旗……とゆっくり歌い納めたのと同時に、いつの間にか集まっていた見知らぬ人たちから一斉に拍手が起き、Kはびっくりして思わず頭を下げて、おじぎをしてしまった。

そして少し離れた所でやはり大きな拍手をしている母たちの所へ駆け寄り、

「ね？　いい気分で歌えたでしょ？」

と母に言われ、まっ赤になりながらも、大きくうなずいたのだった。

こうして気持よく水師営を後にし、旅順の市街へ向かって馬車が動き出して間もなく、松夫兄がふっと思い付いたように言い出した。

「叔父さんは、乃木大将と辻占(つじうら)売りの少年の話ってご存じですか」

「え？　辻占売り？　……ああ、たしか、父親が旅順の戦いで戦死して、母親が病気になったために辻占を売ってる子に出会って、大将が見舞いに行ったとか、そんな話だったよね」

その話はKも『乃木大将』の絵本で読んだばかりだったから、松夫兄がどうしてその話を持ち出したのか興味があった。

「それじゃ、その少年が実は金沢の子だったという話は聞いたことありますか」

「ほう、それは初耳だな」

すると、いきなり母がその話に割り込んで来た。

「あら。わたしは聞いたことあるわ、金城女学校（現・遊学館高）にいた頃」

「ふーん。松夫君はどこで聞いたんだね？」

「昨日の夕飯の時です。同じ寮の金沢出身の先輩からです。今日の予定を訊かれたんで叔父さんたちとのことを答えたら、噂やけどなと言いながら教えてくれたんです」

「松夫さん、その先輩の人、その辻占売りの男の子がどこに住んでる子だったか言ってなかった？」

「いえ、そんな詳しいことは……、いえ、もしかしたら言っていたのかも知りませんけど、自分は、金沢のことはあんまりよく知らないもので」

「そうよね。わたしも町の名はあいまいなんだけど、たしか浅野川大橋のすぐ近くの子だって言ってたわ。あの辺なら夜もにぎやからしいから」

「ほう、かなり具体的な話じゃないか。しかし、乃木大将が金沢の部隊の連隊長をしておられたこと、あったかなあ」

「はあ。金沢なら第九師団歩兵第七連隊ですよね。日露戦争の後だったら、大将は軍役を退かれて、学習院の院長をしておられたんじゃないですか」

「そうだったよな」

という調子で、ここでの話はあやふやなまま消えてしまったようだった。

だが、この話については『乃木大将』の絵本では見開き二場面も使ってはっきり描いてあった上に、巻末にも伝記読み物としてかなり詳しく書いてあった。それで、家へ帰るなりこの絵本を全部読み返した時、Kの頭にこの馬車の上での三人の話が余計に強く印象に残ったのだろう。

その巻末の読み物は、書名と同じ「乃木大将」というタイトルで、本文の書き手と同じく講談社の伝記作家として知られる池田宣政の文が載っていた。

その第一節四ページ弱の「泣きむしの子、つよくなれ」で大将の子ども時代、第二節「ほんとの日本男子」は十五歳の少年時代から日露戦争が終わって凱旋する迄の三、四十年間を五ページに、第三節「大将と孝行少年」は二ページ強になっており、第四節「大忠臣乃木大将」二ページ弱で終わっていた。

その第三節の書き出しはこうだった。(現代仮名づかいに変更)

――冬のさむい夜ふけ、用たしのかえりです。

「だいぶおそくなったな。ああ、あそこに車やがいる。あの人力にのってかえろう」

大将は車やの方へあるき出しました。そのときです。

横町から十一ぐらいの子どもが「つじうら」とかいたちょうちんをもって出て来ました。

「おお、つじうら売の子だな、かわいそうに、こんなさむいばんに、さぞつらいだろう」

なさけぶかい大将は、子どもをよびとめました。

「お前、さむいだろうね」

「はい、でも、なれてるからへいきです」

元気のよいこえです。まるまるとした目が、いせいよくキラキラしています。けれど、うすいぼろぼろのきものなので、さも、さむそうです。

そこで、その子の父がなくて母が病気だと知った大将は、辻占を一つ買った代金に五円札を出して釣り銭は要らないと言うが少年は受け取らない。そこへ近寄って来た車夫から「金坊、いただきな」と強く勧められ、その子はようやくその金を懐に入れて何度も礼をして帰っていく。

——「車やさん、あの子を知っていると見えるね」

「知ってますとも、あれは金太郎といって、このへんでひょうばんの親孝行ものです。あの子の父親は、岡田という兵士で、旅順で戦死した上、母親がひどい病気なので、あの子が朝はなっとうを売り、ひるまは学校へ行き、夜はつじうら売をしているのです」

「え、旅順で！」

「へえ、乃木大将の部下でしたよ、だんな」

大将は和服をきて、がいとうのえりをたてていたので、車やは気がつきません。

大将はホッとためいきをつきました。ああ、じぶんの部下の子供だったのか、かわいそうに、と思うと涙がこぼれます。

人力にのってからも、いろいろと金太郎のはなしをききました。そしてその家のばんちをきいておきました。

翌日その家を訪れた大将は、やはり名乗りはしないまま、「兵士の写真」が飾ってある仏壇に心をこめてお参りをし、金一封の紙包みをそっと供えた後、二人それぞれに励ましの言葉を掛ける。

――やがて、大将はかえって行きました。すると金太郎はきゅうに、ハッと気がついたようすで、いそいで日露戦争の本を出して、しきりに中の写真をさがしていましたが、とつぜん、

「ああお母さん、大へんだ、今のは乃木大将だよ」

とさけびました。

「えっ、まさか、そんなえらいお方がこんなところへ……」

「だって、この乃木大将の写真とおなじだったもの」

金太郎が、ぶつだんの紙づつみをとり出しました。

「ほら、ここに乃木とかいてあるよ」

「まあ、もったいない、大将さまが……」

母親は手をあわせて、大将の出ていった戸口の方をふしおがみました。

大将からいただいた、たくさんのお金で養生したので、母親のびょうきもなおりました。

という、感動の美談だった。

だから、この一文を読み終えたKは、この岡田金太郎少年は今では四十歳を少し過ぎた小父さんだろうけど、どんな仕事をしてるだろうか、今も金沢にいるのだろうかなど、しばらく読後の一刻を楽しんだのだった。

さて、まことに申し訳ないが、ここで「生い立ちの記」という回想の舞台からいきなりポーンと飛んで、現在の金沢の話になる。

この辻占売りの少年が金沢の人だったかどうかがどうにも気になった筆者は、早速石川県立図書館へ行って調べてみることにした。その最初に試みたのは、日露戦争における旅順での戦死者の中に岡田姓の金沢出身者がいなかったかを探すことで、何冊も当たってみたがどうも該当者が見つからない。

それで職員の方といろいろ相談した揚げ句、この名前や出身がどこか等から離れて、逆の方向から探してみることにし、「乃木将軍」「辻占売り」という二語をキーワードにして検索をしてもらった。

すると、いきなり『今越清三朗翁自叙伝』という昭和五十三（一九七八）年中央乃木会発行の非売品の書名が浮上してきたので、取りあえず書庫から持って来てもらった。

そして何気なく初めの方を開けたとたん、口絵のページにあった「乃木将軍と辻占売り少年像」と題する、銅像を見上げる老紳士を撮った写真と、

「辻占の昔を語る　今日の栄え
　　乃木将軍の御恩忘れじ」

と記した、本人自筆の俳画入り色紙の写真が筆者の目にとび込んで来た。

それに続く本文では、第一節「私の生い立ち」、第二節「乃木将軍との出会い」、第三節「金箔業を志す」等々という小見出しの下に、滑らかな口調の自伝がつぶさに述べられていた。その概要を書いておこう。

清三郎（この郎の字を晩年に朗に改めた）の祖父は加賀藩のお抱えの御殿料理人で、維新後は浅野川大橋近くの主計町で料理屋を開いて繁盛していたが、明治二十一（一八八八）年に急死して母も事情があって家を出たため、彼は祖母と弟妹の計四人で、亡父の知人の好意でその一部屋で住むことになった。そのため自分の手で食費を稼ごうと決心し、翌年正月から地元は避けて犀川方面へ出かけて毎夜辻占を売り歩いていた。

その二年後の明治二十四年三月十八日の夜、寒い中を香林坊から広坂通へ彼が売り歩いていたところ、通りかかった人力車を止めて降りてきた男の人から事情を尋ねられ、かいつまんで説明をすると、

「今の心掛けを忘れずに立派な人になり、お国のために働いてくれよ」

と言って紙包みをくれて去って行った。

その晩、十一時ごろに家に帰った彼が祖母にわけを話して紙包みを開けると、一円札が二枚入っていた。当時それは一家四人の十日間の食費に該当する金額だった。

翌朝大家の主人にその話をすると心から喜んでくれ、更にその翌朝、主人が急いでやって来て、

「そのお方は名古屋の第五旅団長の乃木少将で、金沢の歩兵第七連隊幹部との会議のために来られていて、その時は宿舎の蛤坂にある大野屋旅館へ戻られるところやったと、新聞にちゃーんと出とったぞ」

という話だったので、祖母と二人でその旅館へ駆けつけたが、既に名古屋へ帰られたとのことだった。それで彼は、閣下が言われた通り、将来必ずお国のために働く人間になるぞと、固く心に決めたのだった。

その日からは新聞で知ったという人から次々と声がかかり、彼は学校へ行く代わりに近くの金箔屋で住み込みの修行を積み、その結果七年間の年季奉公を終えると、その主人の紹介で京都へ行って東山の箔屋

で京箔の修行を小さいながらも重ね、明治三十五年には金沢に戻って、金箔屋を営む迄になる。

だが、翌年満二十歳に達したため歩兵第七連隊に入営し、訓練に励むうちに翌年五月日露戦争がはじまり、彼も七月には乃木将軍率いる第三軍に属する一兵卒として出発し、八月からの旅順攻略戦に加わることになって、いつか将軍にお会いする日がありますようにと、心密かに念じつつ軍務に励む。

やがて第一回総攻撃の命令が発せられ、翌日早朝から本格的な攻撃に入ったのだが、八月十八日夕刻、盤龍山堡塁を目指して行動を開始した清三郎を含む第九師団の将兵は、既に述べたように、極めて堅固な要塞にこもったロシア側の速射砲や機関銃による反撃は、全く予想外の烈しさで衰えることなく続き、十九日、二十日と突入を繰り返すのだが死傷者が増えるばかりで、二十二日には歩兵第七連隊一七〇〇名は、連隊長以下全滅し、清三郎を含む僅か七名が辛うじて命が助かるのみという状態になってしまった。

その直後に工兵部隊の奇襲攻撃によってロシア軍陣地の一部爆破に成功したため、そこを突破口にして攻撃を続けた結果、ようやく盤龍山堡塁のみは占領することが出来たのだが、その頃には清三郎は第一野戦病院に入院して治療を受ける身になっていた。

それでも彼は二か月間の治療で原隊に復帰することが出来、間もなく十一月中旬には水師営に近い通称鉢巻山の攻撃に加わったのだが、今度は右耳に砲弾の破片を受けると共に、右太股を銃弾が貫通してしまった。

そのため病院船で内地へ送還されて二年近く陸軍病院で療養生活を送った後兵役免除となり、明治三十九年には金沢に帰って東馬場町（現・東山一丁目）で金箔業を始め、その七年後に京都に移り、更に五年後には妻の故郷である滋賀県に転じ、その以後は金箔業者として実に目覚ましい活躍を展開していったのだった。

一方、新聞に出た「乃木将軍と辻占売り」の話は、将軍夫妻の自刃の後、大正期半ばには講談の絶好の材料として採り上げられるようになり、中でもいわゆる乃木将軍もので名を挙げた講釈師桃川若燕の口演集である『通俗乃木将軍実伝』(大正十二年郁文舎)にも収められ、同書は版を重ねた。更にそれに刺激を受けた浪曲師寿々木米若によるこの一席は大好評を博し、昭和七(一九三二)年にはそのレコードがベストセラーになる程だった。

ただし、どちらもこの出会いの場所は金沢ではなかったし、少年の父親は日露戦争で戦死したという設定になっていた。つまり、あの昭和十一(一九三六)年十二月に発売された「講談社の絵本」シリーズ第一巻の池田宣政の作品は、出版社の社名通りに講談本をそのまま利用したものに外ならなかった。

第四話 ● 白玉山（はくぎょくざん）

Kが茨城県西南部の片田舎から、現在の中国・大連市の旅順に住む叔母夫婦の家へ来てから約十日、昭和十二(一九三七)年九月に入ったばかりのある朝だった。

「坊ちゃーん。フリッツが首を長くして待ってますよう」

と言う外から聞こえる韓高有の声に、(そんな大きな声で言わなくてもいいのに……)と思いながら、しぶしぶ玄関のドアを開けたKは、いきなり入って来た冷たい空気にブルッとふるえたかと思うと、

「ハックション!」

すかさず台所の包丁の音が止んで、母の声が飛んで来る。

「セーター着ていくのよう」

まるで歌を歌っているような明るい調子に、体じゅう一度に温かくなる。

「ハーイ、行って来まーす」

元気よく答えたKは、家の前にいた韓高有とフリッツにもしっかり声を掛ける。

「お早よう!」

そして、フリッツの首すじや背中をなでてやると、ヒゲの父に口輪を着けられていたせいで声が出せないからだろう、低いうめき声で

「早く行きましょうよ」

と催促しながら、大きな尻尾をちぎれんばかりに振ってみせる。

「よしよし、待たせてごめんな」

と、引き紐を握って犬の右側に立ち、

「さ、行くぞ」

と歩き出したKに寄り添って、フリッツもスッ、スッと動き出した。

旅順や大連では九月十月はめったに雨は降らないそうで、この朝もスッキリした青空が広がり、空気はピリッと冷たくて、どこか農家で飼っているらしいニワトリの声が遠くから聞こえて来る。

もう一週間以上毎朝通っている細いゆるやかな上り道を、一歩一歩しっかり踏みしめて歩いて行き、十分足らずで、いつもフリッツを紐から放してやる場所に来た。

「さあ、今朝も思い切り走って来いよ」

と言いながら、いつものように紐を外してやろうとしたが、いつになくそわそわして落ち着きがない。

「どうしたフリッツ。さ、お座りッ」

父に仕込まれた口調でピシッと言うと、どうやら腰をおろしたが、前足は揃えて突っ張って、前方の木立の一個所をしっかり睨み付けている。

何か動物でもひそんでいるのだろうか、韓高有に話しかけようと思ったが、何をのんびりしているのか、今朝に限ってまだ姿が見えて来ない。

こんな時、父だったらどうするだろうか、とっさに考えたKはすぐに次の号令をかけた。

「伏せ、フリッツ！　……伏せっ！」

その号令で前足も折って腹を地面に着ける姿勢にはなったものの、フリッツは首をすっくと伸ばして両耳をピンと突っ立て、一声あれば今にも跳び出して行きそうな気配だ。しかも、口をすっぽり蔽った金輪の中で食いしばった歯の間から、低い唸り声が洩れている。

「ウーッ……」

そこへやっと、のほほんとした声がした。

「あれっ。どうかしましたかァ、坊ちゃん……」

Kはフリッツから目を離さず、引き紐をしっかり握ったまま早口で答えた。

「早くこっち来て、フリッツの様子見て！」

「ハイッ。あっ、坊ちゃん、フリッツをそのままじっとさせといて下さい」

「分かった。フリッツ、じっとしてるんだぞ、いい子だからな」

フリッツにささやくようにして前方を見ているKの視線の先では、スルスルッと前へ行った韓高有が、アカシアの木の茂みに入り込んで行き、しきりにのぞき込んでいたかと思うと、これまで見たこともないような真剣な顔をして慌てて引き返して来た。

「坊ちゃん、すぐ帰りましょう」

「えっ？　どうして？　何があったの？」

「理由は帰ってから言います。さあ、早く」

そう言うと、韓高有は大急ぎで今来た道を下りて行った。何かとんでもない物があったらしいが、今は言われた通りにするしかないだろう。

Kはフリッツに見せつけるようにしてその前をぐるっと回って、さっき上って来た道に向かって立ち、左股を叩きながら言った。

「フリッツ、こっち！」

これを二回繰り返したら、フリッツも指示通りに動いたので、Kは明るい調子で言った。

「そうだ、いい子だなあフリッツは。うちに着いたら、すぐにご飯やるからな」

そう言いながら少しでも早く家へ帰ろうと思ったのだが、この旅順一帯の地質のせいで、道の表面がザラザラしていて足を踏み出す毎にズルッ、ズルッと滑って、うっかりすると足をとられそうで歩き難くてしょうがない。

その左横にくっつくようにして、フリッツは前にも出ず遅れもせずに付いてくる。余程しっかり仕込まれたんだなあと感心しながらやっと帰り着いた時には、家の前で父が韓高有から話を聞き終えたところだったらしい。

「分かった。すぐ知らせて来る。ああ、大変だったな、K。それじゃ、フリッツを裏へ連れてって餌をやってくれ。頼んだぞ」

こう言うなり家の中へ入って行ったかと思うと、二言三言何か話しただけで、大急ぎでとび出して行った。

こうなったら言われた通りにするしかない。

「よーし、フリッツ、約束通り、ご飯にしような」

と声を掛けて裏庭へ連れて行き、口の金輪と引き紐とを外してやっているうちに、韓高有がフリッツ専用の食器を持って来た。中には豚の骨付き肉とその煮汁を一緒にぶっかけた麦飯がたっぷり入っている。

忽ち喜んで食べ始めるフリッツに、

「さ、よく噛んで食べろよ、フリッツ」

自分がよく言われる通りの言葉を何の気なく言ったKは、すぐ話をさっきの出来事に戻して韓高有に訊いた。

「ねえ、さっき、要塞山のあすこに何があったの？」

Kと並んでフリッツの食べっぷりを見ていた彼は、ためらいながら小声で答えた。

「はい。えー……つる草で編んだ篭、です」

「空っぽの篭？」

「い、いいえ。……赤ん坊……死んだ、赤ん坊です」

「ええっ！　ほんと？　……まさか……」

「うそじゃありません。七月にも、その前にもありました……」

もう一度Kは「まさか……」と言いそうになったが、それは口の中で飲み込んだ。それは、そう話した韓高有の声が、ふるえてはいたものの、嘘をついているとは思えない程、辛そうな感じだったからだ。

それで、Kはその件についてはそれ以上深追いせず、もう一つ別な質問をぶつけてみた。

「それじゃ、今、お……男先生は君の話を聞いてどこへ行ったの？」

「それは、警察です」

「そしたら警察はどうするの？」

「はい、きっと……いえ、それは先生に聞いて下さい」

「うん、そうだね」

そう言ってKが家の中に入ろうとすると、韓高有がそっと呼び止め、Kの顔をじっと見つめて静かに言い出した。

「ずっと前から旅順に住んでいる私たちの間では、昔から、親より先に死ぬ者は不孝者と言われ、とりわけ赤ん坊のうちに死んだのは大不孝者だと言います。だから、そんな子は家から離れた山か海へ捨てることになっているんです」

この途中までは彼の口調はしっかりしていたのだか、「だから」と言って一息ついた後は、言い難そうな苦しげな言い方になっていた。たしか十五歳だと言っていた筈だから、これまでいろんな思い出があるのだろう。

そう思ったKは、あっさりと、

「分かった」

とだけ言って家に入った。そして、自分の机を前にして椅子に座ったとたん、去年の十月に死んだ一番下の妹、梅子のことを考えた。梅子も親不幸者だったのだろうか。

そう思うと共に、すっかり忘れていたあの晩の火葬場からの帰り途のことを思い返したりしているうちに父が帰って来て、出迎えた母にさらっと言う。

「いやァ、物分かりのいいお巡りさんだったから、一ぺんにすんで助かった。朝のうちに持ってってくれるそうだ」

「それはよかったですね」

と言って母は食卓の用意を続ける。

そこでKは父に、さっき聞いた死んだ赤ん坊は親不幸だという考え方について確かめてみた。

「皆そう思ってるんですか」

「ああ、彼等はそういう理由をつけてるらしいな。僕もそう聞いたことがある」

「だって、死んだ後にもそんな理屈で山へ捨てられるなんて……」

「うん。明らかにへ理屈だな」

「そうでしょ？　あんまり勝手過ぎます」

「しかし、赤ん坊が死ぬのはかなりよくあるようだから、一々葬式をしてはおられんのじゃないかな。彼等の葬式と来たら、大声で泣きわめき続ける役目の泣き女を最低でも十日間雇ったり、昼でも夜でも線香をあげに来る人に、毎日ご馳走を出したりしなきゃならないそうだからな」

「そうよ、K君」

と、食卓の準備を終えた母が口を挟んだ。

「だから、お金がなくてお葬式ができないその赤ちゃんのお母さんは、泣き泣き手を合わせてその子を送り出したし、その子のお父さんか、そのお母さんに頼まれた人も、ここならじきに日本人が見つけて警察に届けてくれ、共同墓地にちゃんと埋めてもらえるだろう、そう願ってそこに置いてったんだと思うわ」

それを聞いたKは、先程から韓高有や父がこの朝とった行動の訳が、やっとはっきりした。母は更にこう付け加えた。

「韓高有はね、去年の暮れに自分の一番下の妹が死んで、やはり山に捨てたことがあったから、捨てられてる赤ん坊を見ると自分の妹のような気がするんじゃないかしら」

今考えれば、これがKが初めて知った植民地における現実だった。

九月最初の日曜日は、先週の日曜の続きで日露戦争の戦跡としてとりわけ有名な二百三高地へ行った。ただし、松夫兄は学校の都合で同行できず、三人で初めての遠出になったから、母たちは余計に乗り気だった。

ところで、海抜二百三メートルというと、現在の金沢に当てはめれば、野田山が一七五・四メートルだから、金沢学院大学や北陸学院大学などがほぼ同じ高さと見てよい。その程度の高さのこの小山が日本中に知られるようになったのは、日露戦争開戦の年、明治三十七（一九〇四）年の秋に、この高地のロシア軍陣地を攻め落とすのに丸三か月もかかり、日本軍だけで合計一万名を超える死傷者が出るという、信じられないような激しい戦いが行われた場所だったからだ。

とはいうものの、この時のKにとっては三十年以上も前の出来事だったし、父母にしても二人共満二歳になる前のことだった。更にたまたまその家族にも親類にもこの戦争に直接関わった者は誰もいなかった。そういうわけで、前回同様この九月五日のピクニックは、出来立てほやほやの親子三人水入らずの、嬉しい遠足に外ならなかった。

それもあってか、四六時中すっくと高く聳え立つ、塔の高さ八十五メートルのまっ白な表忠塔に見守られながらに馬車（マーチョ）に乗った三人は、乃木町を下って白玉山の南側をぐるっと回って日本橋を渡り、西港沿いに進む間は黙って辺りを眺めるだけだった。

だが、間もなく新市街に入ると西洋風な建物がきれいに並んでおり、Kが来たのは初めてだったから、父と母それぞれ自分の側の説明に大張り切り。

「ここが動物園、ほら、いろんな檻なんか見えるだろ？」

「この植物園も一度来てみようね」

「松夫君の旅順師範はすぐそこだ。たしか彼が入ってる寮もその辺らしい」

「私ね、すぐそこの高等公学堂へも週二回来てるのよ、音楽の時間にね」

などと休みなく続いて第二小学校の前を過ぎた所で田舎道になった。

いろんな畑が広がる中を馬車はゆるやかな坂道をトコトコ進み、土作りらしい小屋のような農家があちこちに見える。

「ここから小一時間かかるから一眠りしてもいいぞ」

「あら、それよりも折角だから、また歌を聞かせてよ。今学校じゃどんな歌習ってるの？」

「〝牧場の朝〟です」

「じゃ、三人で歌いましょう。三、四」

〽ただ一面に立ちこめた
牧場の朝の霧の海
ポプラ並木のうっすりと
黒い底から　勇ましく
鐘が鳴る鳴る　かんかんと

日が照っているがさわやかで、時々吹いているそよ風が快く、この文部省唱歌にピッタリの感じだから、Kものびのびと歌えた。

そればかりではなく、二番から母のソプラノは歌詞抜きの♪ラララ……というメロディだけの口頭伴奏になり、自由自在の編曲になった。こんな歌い方はもちろん初めてだったKは、最初はちょっとつかえそうになったが、父がリズムをとるようにKの背を片手で軽く叩きながら、しっかり歌ってくれたので、三番まで楽しく歌うことができ、ほっとした。

そこで、用意してきた水筒のお茶でのどをうるおしたところで父が言った。

「こうなったら、どうしても広瀬中佐に出て来てもらわなきゃ、そうだろ、K君」

国語つまり読方の授業でも習ったことがある文部省唱歌だ。

〽轟(とどろ)く砲音(つつおと)　飛び来る弾丸(たま)
荒波洗う　デッキの上に
闇(やみ)を貫く　中佐の叫び
「杉野は何処(いずこ)　杉野は居ずや」
船内隈(くま)なく　尋(たず)ぬる三度(みたび)

呼べど答えず　さがせど見えず
船は次第に　波間に沈み
敵陣いよいよ　あたりに繁（しげ）し

今はとボードに　うつれる中佐
飛び来る弾丸に忽（たちま）ち失（う）せて
旅順港外　恨みぞ深き
軍神広瀬と　その名残れど

これは三番まで通してKの独唱だった。歌い終わって拍手の後、

「しみじみと心にひびくいい歌だったわ。それじゃ、のどを休ませるために、ここらでおやつにしましょ」

母はバスケットから丸い紙の筒を取り出して、

「両手をくっつけて前へ出して、上手に受け取ってちょうだいよ」

と言いながら傾けると、中から出て来たのは丸い厚みのあるチョコレートクッキーだった。

「一本に十個入ってるから、一人いくつ？」

「三々（さざん）が九」

「K君はおまけにもう一つね」

早速それを食べ始めたのだが、その時フッと浮かんで来た言葉があり、念のために口の中で最後まで言ったらちゃんと言えたので、思い切ってKは訊いてみることにした。

「あのう、去年の今頃だったたか、茨城の学校でぼくらの間ではやった尻取り言葉があるんだけど、言ってみていいですか?」

「いいわよ、言ってみてちょうだい」

Kはゴクッと唾を呑んでから、少し調子を付けて言い出した。

——三々(さざん)が九／クロパトキン／キンターマ／マカローフ／ふんどーし／尻べった／高シャッポ／ボンヤーリ／陸軍の／乃木大将／正直爺さ屁こいて／鉄砲に射たれて死んだとさ／三々が九／クロパトキン……

母はKが唱え出して間もなく吹き出しそうになり、両手で口を押さえていたから、Kは途中で止めようかと思ったのだが、父がKの顔をしっかり見つめ、Kの言葉のリズムに合わせてちゃんとうなずきながら聞いてくれたので、二回目の頭で止めて父に訊いてみた。

「こんなの旅順の子ら言いませんか」

「いやあ、初めて聞いたよ。本当に面白いなあ、誰が考えたんだろ、ちゃんと日露戦争の旅順の話になってるじゃないか」

「ああ、乃木大将が出て来るからですか」

「いやいや、まっ先にポーンと出てるよ」

「クロパトキン、これ、人の名ですか」

「正式の名はアレクセイ・ニコラエヴィッチ・クロパトキン陸軍大将。ロシアの満州軍総司令官で、その戦争の間はずっと奉天（現・瀋陽市）にいたんだけど、彼の名をとった砲台が水師営の東の方にあって、そこには当時世界でも第一級の大砲が何門も備え付けられており、その操作に熟練した砲兵部隊が詰めていた。そのため、どの方面に向かうわが軍もその砲台からの射撃で本当に苦しめられたから、その大将の名は忘れられないものなんだ」

「そんな有名な人の名だったんですか」

「もう一人出てくるマカロフは、ロシアの旅順艦隊司令長官、ステパン・オーシポヴィッチ・マカロフ海軍中将。この人が書いた『海軍戦術論』という本は、ロシアばかりでなく世界じゅうの心ある海軍士官必読の〝虎の巻〟で各国語に翻訳されており、連合艦隊司令長官東郷平八郎海軍大将も、イギリス留学中に買ったその本を何回となく読み返したそうだ。そういう名将が率いていた艦隊が相手だったから広瀬中佐も戦死したし、わが海軍もかなり手こずったわけだ」

「ふーん、そんな陸軍と海軍の偉い将軍の名前だったんか……」

「この二人の名をちゃんと入れてるなんて、その尻取り言葉を考えた人も大したもんだな。しかもユーモアたっぷりにしめくくってる。どれ、僕もおぼえるから、もう一ぺんやってみてごらん」

母はまだおかしそうだったが、二回繰り返したところで、目指す二百三高地の上り口だった。

来訪者向けに切り開いてこしらえた駐車場で馬車を下り、頂上に通じる道を上り始めたKがすぐに気が付いたのは、辺りに生えている草木が少ないことだった。白玉山や伊知地町の後ろの要塞山に比べれば、ここは文句無しにはげ山だった。

それにもう一つ、ザラザラな地面を作っている石片の一つずつが、要塞山などに比べれば明らかに倍もあるのもKの目をひいた。おそらくかつて三十数年前にこの高地目がけてとてつもない大きさの、重い砲弾が集中して射ち込まれ、そのせいでかなり深い所にあった岩盤まで掘り返してしまったのだろう。

「ほら、目標はあの頂上に立ってる塔だけど、どちらが先に駆け着くか、やってみる？　K君」

「ぼく、ウサギ年生まれだけど、今年からカメ年生まれになります」

「そうよね、今日じゅうに着けばいいんだものね。♪もしもしカメよ、カメさんよ……」

そのひとり言のような歌声もすぐに消えていき、さっさと上って行く父の後ろ姿を見つめながら一歩一歩踏みしめて行くと、ちょっとひと息つける所に来た。

「ほ、ほら、K君。あ、あそこよ、頂上は」

息を切らせながら母が指さしたのは、胸突八丁という表現がピッタリ当てはまる百メートル程の急な坂道の上に、スックと立っている塔だった。父はそのはげ山のまっすぐな坂を見る見るうちに進んで行く。

（父は父、僕は僕）

しっかり足を踏みしめ、踏みしめて上って行き、もう胸が張り裂けるかと思った時、大きな声がした。

「どうだ、立派な塔だろう」

父に並んで見上げると、難しい漢字が二つある下に山と書いてある。

「何と、読むん、ですか」

「爾霊山。つまり二百三高地の音通りの名前だけど、何の形か分かるかな？」

「鉄砲の玉ですか、大きいけど」

「その通りだ。この山の上一帯にロシア軍の陣地が作られていて、小銃を持った兵士たちの外、機関銃や何種類もの速射砲が何重にも並べられて日本兵を待ち構えていた」

この高地の東北側に向かって鉄砲を構えるロシア兵の様子をやって見せる父の話に、Kも母もすっかり引き込まれる。

「この陣地目がけて黒い軍服にゲートルを巻いて小銃を手にした日本兵が、将校の号令のまま、まっ黒くかたまって攻め上ってくる。それを目掛けてロシア側の一斉射撃が始まると、バタバタと日本兵が倒れていくんだ」

父はこれまで六年生の遠足で数え切れない程ここへやって来て、来る度に説明をしているそうで、目に見えるように詳しく話してくれた。

「そんな激戦で死んだ両軍の将兵の霊を慰めるために建てられたのがこの記念碑だ」

そこで三人揃ってその塔の前で手を合わせてお参りをしたところで、父は続ける。

「では、ロシア軍にとってここがどんなに大事な山だったか、それを確かめに行こう」

塔から二十メートルほど離れた所で何人もが横一列になって背を見せていた。そこに行くなりKは思わず言ってしまった。

「うわあ、いい眺めだなあ」

どうやらこの高地の一番高い地点らしく、少し先から木立の少ない斜面が広がっており、その前方に小高い丘や幾重にも尾根が重なる先に、水面も横に伸びて見える。

「あの細長く見えるのがさっきその近くを通った旅順西港で、その手前の新市街はちょっと見え難いな。西港のもっと向こうの低い老虎尾（ろうこお）半島、虎の尻尾みたいに見えないか」

「なる程」

と、知らない男の人が大声で答え、父は平気で続けるが、声は少し大きくして、

「あの半島の左端が切れてるよね、あすこが旅順港の出入口で、広瀬中佐が戦死したのはあの出入口を出た所であの半島のかなり近くだった。いつかあの辺へも行ってみよう」

「はい」

「その出入口の左側、つまり老虎尾半島の端っこと向き合っているのが黄金山（おうごんざん）、ここには立派なプールやヤマトホテルができてるからそこへもそのうち行って来よう。その黄金山の山並を左の方へ見ていって、少し高いのが白銀山（はくぎんさん）だ。ほら、大連から旅順へ来た時、バスがトンネルを出たとたんにその真正面に白玉山が見えて、皆がワッと声を出したの覚えていないか」

「……さあ……？」

「まあ、いいや。それでは話を続けるぞ。今言ったそのトンネルがある白銀山と、その手前にうねうねと並んでいる、少し色の濃い山々の間に挟まって、うっすらと細い塔が見えないか。よーく見てみろ」

「あっ、見えました」

「どうだ、見覚えはないか、あの形。君が毎日眺めてる白玉山の表忠塔だ。高さ八十五メートルのあの塔が、ここからじゃあんなに小さく見えるんだね」

この説明には、近くにいた何人もの人から、

「やっぱりそうだったんだ」

「え？　どこ、どこ？　この眼鏡、買ったばかりなのに……」

「あんな所まで見えるんだなあ」

など、さまざまな声が聞こえ、それが途切れたところで父は更に続けた。

「そこでまた白銀山に戻って、その左の方に次々と並んでいるのが東鶏冠山、盤龍山、望台、二龍山、松樹山という風にロシア軍の要塞がずらりと並んでいた。先週ちょっとだけ見て来たように、どれも部厚いコンクリの壁に蔽われたガッチリとした要塞で、この二百三高地が日本軍に攻め落とされた時には、その中の一つ二つ以外は全部ロシア軍ががんばっていたわけだ。そこでちょっと向きを変えるぞ」

と、父は遥かに見える西港が自分の体の右側に直角になるよう向きを変えた。

それで母もKも同じように体を動かして父の前に一列になると、近くにいた人たちも少し移動したりしながらも同じ向きになった。それを待って父は右手を大きく動かしながら説明に入る。

「こんな風にして眺めると、この先の山並みを境にして、右側がほぼロシア軍陣地、左が日本軍側と見ることが出来、わが軍の重砲隊はこの左側の少し離れたあちこちにしっかり陣地を作っていた。そんな中で明治三十七年十二月五日、ここが遂にわが軍の手に入ると、わが軍は早速ここを観測基地にして、専用のスラッとした望遠鏡を設置し、しっかり訓練を受けた成績優秀な兵士を配備した。その兵士が待ち構えていると、一つの重砲基地から○○砲台をこれから砲撃するぞという連絡があり、待機しているとやがてドドーンと発射された砲弾が、その前方にあるロシア軍陣地を軽くシュルシュルシュルと飛び越えて行っ

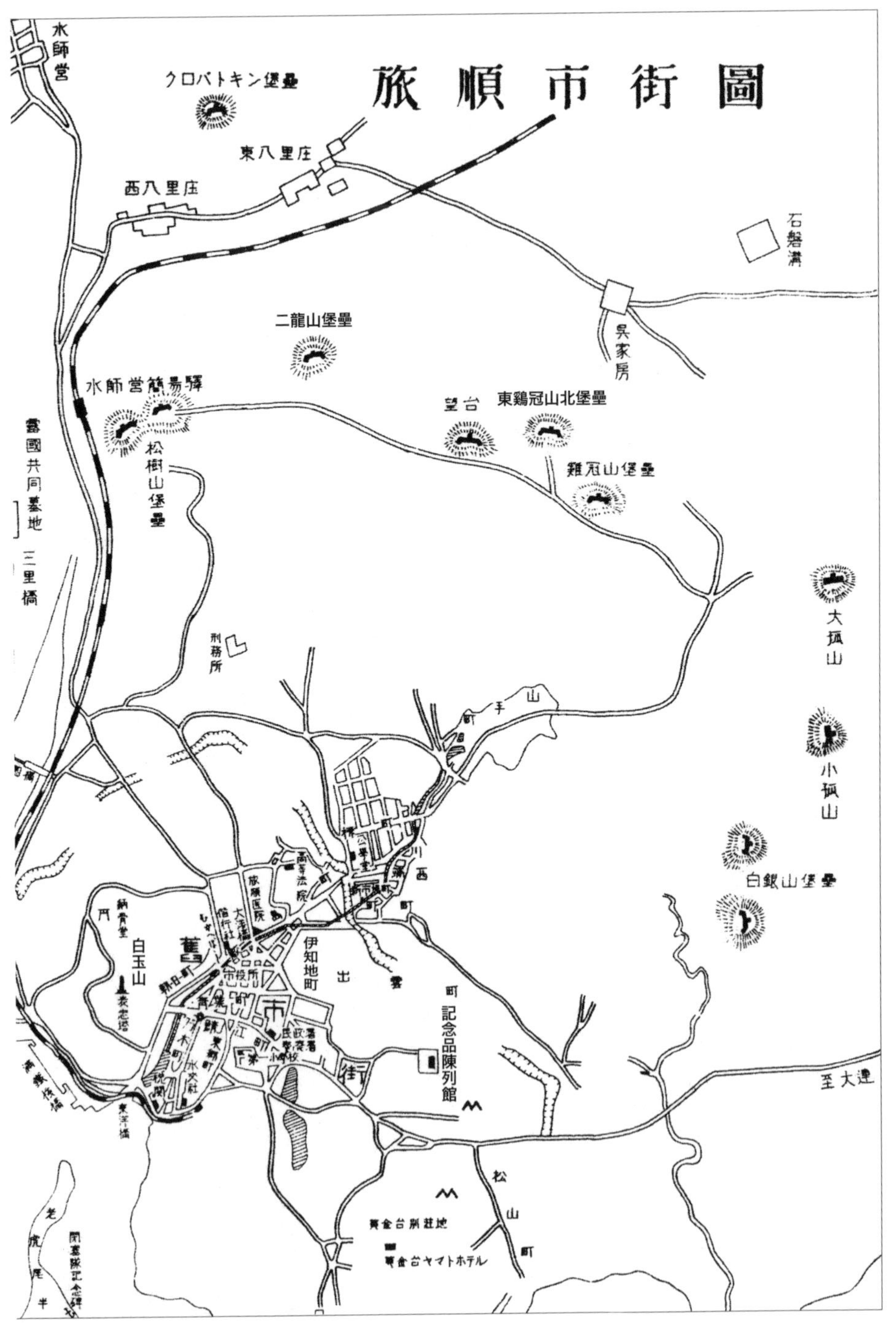
旅順市街圖
水師營
クロパトキン堡壘
東八里庄
西八里庄
石磐溝
二龍山堡壘
呉家房
水師営簡易驛
望台
東鶏冠山北堡壘
露國共同墓地
松樹山堡壘
雞冠山堡壘
三里橋
大孤山
刑務所
山手町
小孤山
白銀山堡壘
高等法院
旅順醫院
川西町
伊知地町
出雲町
白玉山
表忠塔
市役所
記念品陳列館
至大連
東洋橋
松山町
黄金台別荘地
黄金台ヤマトホテル
老虎尾半

旅順市街図　奉天鉄道局『旅順』昭和14年

たかと思うと、目指す地点でドカーンと煙が上る。見ていた観測兵は目標の十メートル前に落下したなどと報告する。聞いた重砲隊はすぐにその報告に基づいていろいろ修正し、ソレッ、ドドーン、シュルシュルシュル、ドカーン、命中しました、となるわけだ」

再び何人もから感心する声が上がり、一段と高い声で母が言う。

「だったら、あの西港や東港に浮かんでるロシアの軍艦も狙えるわよね」

「もちろんさ。それを防ぎたい一心でロシア軍は必死になってこの高地を守ったんだし、わが軍にしても東郷連合艦隊司令長官の強い要請もあって総攻撃を何度もガムシャラに繰り返したんだね」

この辺で他の人たちはうなずきあったり、父にお礼を言ったりしてちらばりだした。

それで父は普段のおだやかな口調に戻ってしめくくった。

「というわけで、東鶏冠山北堡塁にいたロシアの名将ロマン・イシドロヴィッチ・コンドラテンコ少将は、この二百三高地が占領された丁度十日目に、ここからの指示があって射ち込まれた砲弾によって名誉の戦死を遂げたんだな。以上本日の解説、終わり」

「ほんとに、本当にご苦労様。この高地のことが初めてよーく分かったわ。K君はどう？　もう何も訊きたいことない？」

「はい、もう何も……ああ、そうやって港の方へ砲撃が始まった時、あのマカロフもその辺の軍艦に乗ってたんですか」

「ええっ、マカロフが戦死したこと、まだ言ってなかったかい？」

「え？　戦死したんですか。何とかいう有名な本を書いたという話は聞いたけど……」

「そうだったか、ごめん、ごめん。マカロフはねえ、この二百三高地が日本軍の手に落ちる七か月以上前の四月半ば、彼を乗せた戦艦が一度港外へ出た後、この港内へ引き返す途中に黄金山の南側の海岸近くに日本軍がこっそり仕掛けておいた機雷が艦底のどこかに接触して大爆発した。そういう艦長の単純なミスによって彼はあっさり死んでしまったんだよ、日本軍にしたらラッキーだったかも知らんけどな」

これで、この日の二百三高地見学は大収穫で終わり、昼食の後、待たせてあった馬車で帰ったのだが、今回もKは伊知地町へ着くまでぐっすりで、父も新市街に入るまではKに付き合ってくれたということだった。

その二、三日後、授業が終わったところで同級生の一人がKに声を掛けて来た。

「放課後、白玉山に遊びに行かないか」

と言っても頂上まで行ったりはせず、近くの者十人足らずで三時半に乃木町の登り口に集まって、麓の方で威勢よく一時間遊び回るのだという。初めて同級生に誘われたのも嬉しかったし、それ位なら母に断わらなくてもいいだろう。

「分かった。家にカバン置いてすぐ行く」

Kがそう言ったとたんにいきなり腹がグーッと鳴ったかと思うと、グルグルグルーッという音もした。びっくりして腹を両手でおさえるKの様子ばかりでなく、その音も聞こえたらしく、その子は慌てて言った。

「腹具合悪いんなら、今日はいいから」

「うん、ごめん」

その帰り途、片手を軽く腹に当てて何となく不安な気持ちで歩いて行くKの頭には、去年のあの回虫騒ぎがひとりでに浮んで来た。またあのグニョグニョした虫がこの中に沢山集まってるのだろうか。

その不愉快な気持が届いたわけでもないだろうが、家に着く頃にはしくしくと痛くなってきた。早速便所へとび込んで、何度力んでも何も出て来ない。

ひと足先に帰ってきていたらしい韓高有が、

「はい、おやつでーす」

と、机の上にケーキを置いていったが、いつになく食べる気がせず、その前に座っているうちに、差し込むようなキリキリした痛みが次第に強くなってきた。

（止まれ！　……止まれ！……）

声に出さずに両手で腹を押さえていると、

「ただ今！」

明るい声で母が帰って来た。

（よかった……）

ほっとすると同時に汗が吹き出し、うなり声が口から洩れた。

「あっ、どうしたの、K君！」

びっくりして駆け寄って来た母は、いきなり韓高有を叱りつけて人力車（現地では洋車（ヤンチョ）と言った）を呼んで来させた。そして駆け付けた白玉山の麓にある旅順病院では、母たちが普段から親しくしているという、福井県三国町出身の外科のお医者さんが丁寧に診察した上で、はっきりした口調で告げた。

「十中八九、虫垂炎いわゆる盲腸炎ですから手術して取ってしまいましょ」

「でも、やはり主人にも相談しないと……」

「そうですね。それじゃ、とりあえず痛み止めの注射だけにしておきますが、切るとしたら一日でも早い方がいいですよ。あの先生なら、すぐ切ってもらえっておっしゃるに決まってますよ」

その結果は予告通りだったため、翌朝Kは両親に付き添われて入院し、早速その日の午後、開腹手術を受けた。

当時のことだから恐らく全身麻酔だっただろうし、それから二、三日間のことは何ひとつKには記憶がない。ただ、後で聞かされたところでは、ベッドに眠っている状態のKが、

「お母さん、お水……」

「お母さん、今、何時？」

など、初めて「お父さん、お母さん」と呼ぶようになったらしいが、これもKには覚えがない。

それは両親にとっては印象的なことだったろうが、それ以上に、三、四日目頃からKの腹が張り始めるという心配事が発生した。先生の見立てによると、腹の中でガスが溜まりだしているという。

Kの両親は手術をした日以外はきちんと勤めに出ていたから、朝夕病室に寄る度に「昨夜はよく眠れたか」とか「大分顔色がよくなったね」とか言っていたのだが、四日目になるとがらっと変わった。

「K君。先生がね、おならさせなさいっておっしゃるの。ちっとも恥ずかしくなんかないから、思い切ってやってちょうだい」

「そうだ、K。一発ブオーッと盛大にぶっ放してみろ」

しかし、いくら頼まれても、けし掛けられても、普段は授業中に音もなく出てしまって知らん振りするのに困ったりするくせに、出せと言われてスッと出てくるものではない。

入院を機会に父が大阪屋号書店から買って来てくれた「少年倶楽部」九月号に、「おならを上手に出す方法」などという記事がないか、「日の丸旗之助」がそういう奥の手でも言ってないかと、真剣になって探してみたがやはり収穫は無しだった。

こうして四日目も空振りで終わり、夜中にお腹がボカーンと破裂した夢を見たりした翌朝、いつものように立ち寄った母が心配そうに言った。

「先生のお話ではね、このままだともう一度手術しなきゃならないそうよ。K君のおならの神様、それでもいいのかしらねえ」

どうやらこの言葉がKのお腹にいるおならの神様をちぢみ上がらせたらしい。Kのお尻がムズムズッとしたかと思うと、いきなり、
ブーッ!

「あっ、出たよ、お母さん」

「K君、おめでとう。よくがんばったねえ」

続けてもう一発、ブブブーッ
「お母さん、便所行きたい…」

それと一緒に母は看護婦さんに知らせに行き、晴れ晴れとした顔で出勤して行った。この一幕は、その

後も手術の痕を見る度にKは必ずありありと思い出すのだった。

これで安心して少しずつ食事も出来るようになり、一週間後に無事家に戻ったKを、フリッツがあの大きな尻尾を烈しく振って迎えてくれたが、韓高有の姿は見えなかった。聞けば、大連でかなり高い賃金が貰える工場へ働きに行ったのだそうで、母は彼の後釜を探しているとのことだった。

それはとも角、退院する時、Kは少なくとも一週間位は体をならしてから通学を始めるように言われていたので、その間は両親が考えてくれた、散歩や自習、体操、休養、読書などの時間割に従って過ごしていった。

その中で一番の楽しみは「少年倶楽部」九月号を読むことだった。何よりも読み易くて面白かったのは小山勝清の「彦市頓智ばなし」で、この九月号から連載が始まった吉川英治「天兵童子」は早くも来月号が待ち遠しくなった。また既に一月号から始まっている続きものでは、江戸川乱歩の「少年探偵団」、佐々木邦のユーモアたっぷりの「出世倶楽部」、南洋一郎の冒険小説「緑の無人島」等は、続きを楽しみにすると同時に、本になったら絶対に買ってもらおうと考えたりした。

それから体慣らしの半日登校もすませたKが普通の生活に戻ったのは、忘れもしない九月二十日だった。あのグループの放課後遊びはまだ続いていたようで、誘いにすぐのったKは、誰もいない家で急いでケーキのおやつを食べると、すぐに集合場所、白玉山の東端に近い登り口に行った。

「よーし、丁度三時半だ。行くぞう」

団長と呼ばれるリーダーを先頭にぞろぞろと細い道を上って行くうちに、そのリーダーが脇道に進み出した。

「あれっ、団長、いつもと違うんじゃない？」

「うん、あんまり同じような所じゃつまんないから、昨日下見をしといたんだ」

「ふーん、さすが団長」

そう言いながら歩いて行くと、四、五メートル巾の平地に出た。

「ここがスタート地点。この前の優勝者は誰だったっけ」

「僕だよ」

「それじゃ、この缶三つをあっちとこっちの旗の間にバラバラに隠して、終わったらいつものように合図してくれ」

よし来たとばかり、その隠し係が木立の間に入って行くのを見ながら、団長がKに説明してくれた。

「このずっと上の方三か所に赤い旗が一本ずつ立ってんの、見えるだろう」

低い木立が山の斜面一帯に茂っているのをすかしながら探してみると、ようやく三本確かめることができた。右端と左端の間は四、五十メートルもあるだろうか、中央のは両端のより少し奥の方だ。そっちに向かって両手を前方斜め上にまっすぐ伸ばした団長は言う。

「さっきの三個の缶はこの上の方の扇形のどこかにバラバラに隠してあっから、そのどれか一つを持って来て、ここの円に置いてある篭の中にまっ先に入れた者が勝ちで、次の回の隠し係になるんさ」

この団長の説明の間に勝手に小声で喋りあっていたメンバーも、この話が途切れたところでシンとなり、町の方の車の音や人の声、馬ととりわけけたたましいロバの鳴き声がひびいて来る。

と、その時、上の方でピリピリーッと笛が鳴ったとたん、メンバーは思い思いに木立の間へ駈け込んでいき、あっという間に見えなくなった。

Ｋももちろん同じように木立の間に分け入ったのだが、二メートル程の高さの木々はかなりくっつき合っている上に、地面はカンパンを二枚に割ったような石片が重なっているため、皮靴は滑り勝ちで何とも上り難い。こんな斜面のどんな所にあんな缶を隠すのだろう、そう思いながらマイペースでゆっくり上って行くＫの耳に、間もなくあちこちからメンバーの声がとび込んできた。

「あったぞう、あった、あった」

「皆さん、お先にー」

などと声は元気そうだが一向に誰も下りて来ない。きっとあんなデマを飛ばして、皆のやる気を殺ごうとしているんだと、Ｋはふっとおかしくなる。

そのうちちょっと疲れてきたので、よっこらしょっと腰をおろし、それにしてもあんなに目立つ模様のカニ缶やサケ缶が、どうしてこんなに見つからないんだろうなどとぼんやり思っていると、ピシッと引き締まった小さな声が上の方から聞こえた。

「あった！」

「よしッ！」

ハッとしたとたんに、ズズズズズー……、ザッザッザッザー……という音と共に、Ｋの右と左とを転げんばかりにして二人通り過ぎて行き、続いて少し遅れてもう一人。

これでゲームセットだなと思ったＫが急いで立ち上がった時、下の方で声が上がった。

「バンザーイ！」

「チクショウー……」

そこへ団長が外のメンバーと一緒に下りて来たので、Kもスタート地点まで行ってみると、最初の隠し係が、一番だった者の首に笛が付いているリボンを掛けているところだった。

これで一回戦が終わって新しい隠し係が準備のために上って行った後、皆はそれぞれのやり方でひと休みしながらにぎやかに情報交換で時を過ごす。間もなく遠くで、

「ピリピリピリッ！」

とひびいて二回戦が始まった。

やり方がのみ込めたKも今度は皆に遅れないように缶探しに取り組んだが、やはり空振りでゲームセット。

続く三回戦では枯草などをかぶせて隠してある缶が岩かげにあるのを見つけたKが、喜んでぐいっと手を伸ばしたとたんに靴が滑ってズルッ。アッと思う間にズルズルズルッと三、四十センチずり落ちてしまい、その間に外の子にさらって行かれ、見ていた団長が慰め顔で、

「K君、没法子（メイファーズ）、没法子」

当時現地の日本人の間でもよく使われる、仕方がないという意味の中国語だった。

こうして三回戦が済んだら今日の全ゲーム終了という決まりだそうで、集まった皆に団長が指示する。

「それじゃ、いつものように、自分が通った辺りを歩いてお宝を拾ってハンカチに入れて来てくれ。勝った三人、いや、今日は二人か、旗も一緒に持って来てくれ」

団長が全部まで言わないうちに皆は動き出したので、Kが団長に何を拾うのか尋ねると、彼はいきなり

しゃがんで自分の足元にあった白っぽい切片をつまみ上げて、

「そこらじゅうにこんな白くて軽いのがあるだろ。これ、日露戦争の時にこの山で戦死した軍人の骨なんだって。だから、帰り途に交番に寄って巡査さんに渡すと、後でこのずっと上の方にある納骨堂に納めてくれるんさ」

「ふーん。そんな事、君はどうして知ってるの？」

「ああ、毎年始業式の時に言われるから、小学生なら誰でも知ってるよ」

この時、余りにもあっさりとケロッとした感じで言われたせいか、Kもすぐに言葉通りの行動に移ったのだが、やがて五分ばかりで皆が集まって派出所に寄って解散した後、Kは自分のした事の意味にようやく気がついた。

それは、公会堂の隣りの観光協会休憩所の側を通った時だった。その休憩所で買ったらしい土産物を手にした人たちが、ぞろぞろと観光バスに乗り込んでいくのを見て、ふっと思ったのだ。この人にとって日露戦争は三十年ばかり前の過去にあった歴史的な出来事だろうけれど、ここに住んでいる自分たちにとっては、それは今も日常的に継続している身近な現実なのだ、と。まさにこれは旅順で子供時代を送った者でなければ決して味わえない、極めて貴重な体験だった。

この日、Kの家の夕食には、ビーフステーキをはじめ、いつになくはなやかなご馳走が並び、赤飯まで用意されていた。そして、Kが席に着くやいなや父母二人が口を揃えて言った。

「K君、お目出度う」

「えっ？　退院祝い？」

「それもちょっとはあるけど、誕生祝いに決まってるじゃない。忘れてたの？　自分の誕生日。ケーキもちゃんと買って来てあるけど、それは食後のお楽しみね」

こうして親子三人水入らずのK十二歳の誕生祝いの夕べとなり、食後は母のすばらしい独唱の後、父とKとの掛け合いの「三々が九」でにぎやかな締めくくりとなったのだが、自分が初めて祝ってもらった誕生日と、三十年前にこの地にあった戦争で死んだ将兵たちの骨拾い、全く対照的な初体験が重なって、Kにとってこの年のこの日はずっと永く心に残ったのだった。

以上で体験記としては一区切りになるのだが、本編の執筆に際して今回明らかになった事実をもう少しつけ加えておこう。

それはあの白玉山東側斜面に散らばっていた骨に関するもので、当時Kたちが教えられていたのは、それはこの山で戦死した日露の将兵の遺骨だという説明だった。

だが、既に見てきたように、白玉山は二百三高地や東鶏冠山等々と違って、両軍の将兵が直接入り乱れて戦った第一線より、ずっと後方のロシア側内部にあった。従って、そこに日本兵の骨が散らばっていた可能性はゼロだと断言できる。

と同時に、白玉山の北斜面と西斜面にはロシア軍の砲台があったから、そこを狙って射った日本軍の砲弾が白玉山の東斜面に落ち、そのために死んだロシア兵の骨が含まれていた可能性は高い。

では、その砲撃がいつだったか、日本軍の参謀本部が大正初（一九一二）年に編集刊行した『明治三十七八年日露戦史第六巻』の記述を引用しながらその要点を見ておこう。

まず、水師営付近にいた「陸戦重砲隊ハ九月一日夜及二日旅順旧市街及船渠（ドック）付近ヲ射撃シ」たとある。明治三十七（一九〇四）年のことで、同七日午後にも同じ目標を砲撃し、二十日には「午後五時三十五分十五拇（センチ）砲二門ハ旅順旧市街及船渠付近ニ散布射撃ヲ」行ったとある。この一日から七日にかけて用いられたのは口径十二センチの榴弾砲で、物体に衝突して爆発する時はその破片が四方八方にバラバラになって飛散するという、殺傷能力の高い砲弾だった。

注目されるのはその目標が敵の陣地ではなく、一般市民が住んでいる市街地だったという点で、つまり日本とロシア両軍の戦いに現地に住む中国人（当時は清国人）が巻き添えになっている事に注目したい。

更に、十一月二日に二十八センチ榴弾砲で各砲台の外「旅順市街及港内艦船ヲ射撃シ……同日午前十一時頃市街ニ大爆発起リシニ乗シ十二拇砲ヲ以テ其付近ヲ射撃シ更ニ一大爆発ヲ生セシメ」云々と記されている。

つまり、底部の直径十五センチ長さ四十四・五センチ、底部の直径二十八センチ長さ八十四センチという巨大な砲弾が空を飛んで来て、所かまわず落下した場所に、その二十年後、日本人の商店や会社が集まっていたのだった。旅順の市街地で、昭和十二年九月二十日、Kが拾ったあの骨の中には、戦火を避けて白玉山の低い斜面に逃れていた中国人の老人や子供たちのものがかなり含まれていたのではないか。

そう思われてならない。

第五話 ● 秋の学校の内と外

昭和十二（一九三七）年九月二十日に満十歳になったKが、学校生活の中の予期しない出来事に見舞われたのは、その誕生日から丁度一週間後のことだった。

当時Kが通っていた旅順第一小学校では、毎週月曜日の朝礼は全校一緒に行うことになっており、一年生から六年生まで七百名を越える全校生が、校舎南側の広い運動場の校舎寄りの所で整列して行われていた。

その朝も、暑からず寒からずの日本晴れの青空の下、スピーカーから流れて来るピアノの伴奏による壮重な校歌の斉唱で、その朝礼は始まった。

全部で三連あるその校歌のどの一節も現在Kは記憶にない。前にも触れたことがあった同窓会名簿の冒頭にそれが載っていたので、その第一連の歌詞だけ書いておこう。

——見渡す海の　あなたには
　昇る朝日の　国ありて
　　皇統連綿万国に
　　無比なる至尊おわします
　　これぞ我等が父母の国
　　これぞ我等が祖先の地

四年生のKはもちろん、六年生でも分からなかったと思われるこの難しい歌詞を作ったのは、当時全国で広く人々に歌われた、「汽笛一声新橋を……」で始まる「鉄道唱歌」の作者として知られる文筆家、大和田建樹（おおわだたてき）だった。

彼がなぜこの小学校の校歌を書いたか推測してみると、まず、彼は少年向けの歴史読み物「日本歴史譚」全二十四編の作者だった。神武天皇の事績から始まるこのシリーズの最終編『威海衛（いかいえい）』では、日清戦争におけるわが国の海軍の勇ましい戦いぶりを、力を込めて書いていた。次にそのシリーズの八年後の明治三十七（一九〇四）年（この年に日露戦争が始まる）には、日清戦争の時にわが国が持っていた五十隻近い軍艦の名を完全に詠い込んだ唱歌『日本海軍』も書いていた。

彼のそのような実績を踏まえ、日露戦争の激戦地でもあり、海軍の要港があるこの旅順で、明治三十九年五月十日創立のこの学校の校歌の作詞を当局は彼に強く依頼し、彼も快く引き受けたにちがいない。

しかし、作詞者が誰かなどとは関わりなく、生徒は何かにつけてこの校歌を歌わせられ、四年生で全くそれを知らない者がいるとすれば、それは転校したばかりの者だった。

K自身はそんな事に気付きもしなかったが、この学校に勤めて十三年になる父はさすがだった。二学期開始直前のある日、父が食事中にこう言いだしたのだ。

「もうすぐ学校が始まるけど、準備に手落ちはないだろうね」

「ええ。服も靴もカバンも学用品も全部きっちり揃えたし、帽子の校章も変えたよね。K」

「ハイ。昨日付けました」

「いや、そういう物じゃなくて、えーと……、ああ、校歌がまだだった」

「だって、あなた、それは二学期に入ってからでもいいんじゃない？」

「始業式に皆が歌うのに自分だけ知らないなんて、どうだ?」

「教えて下さい、どんな歌か」

食後早速父は歌詞を書いた紙を渡してくれ、ピアノを弾いて、きちんと教えてくれた。だから、始業式でも平気でいられたし、この全校朝礼でもKはしっかり歌うことができたのだが、思ってもいなかったハプニングが起きたのは、その後すぐに始まった校長先生のお話の最中だった。

先生は話すにつれて熱が入ってきたらしく、よく通る声で朗々と話されたその内容は、どうやらその前日に大連へ出掛けた時の体験談だったらしく、Kも強く引き込まれて夢中になって聞き入っていた(らしい)。

ところが、Kの記憶はここでプツンと途切れてしまい、ふと気がつくと服を着たままベッドで仰向きになって寝ていたのだ。

夢だろうかと思いながら周りを見たKが、どうやらここは保健室らしいと思うと共に、体を起こそうとして頭をちょっと上げたとたん、辺りがぐらっと揺れた感じがした。

「アアッ!」

慌てて頭を枕につけて目をつぶると同時に、ベッド脇の白いカーテンがスルスルッと引かれて、女の人の声がした。

「気がついたの、K君」

Kがそっと目を開けると、白衣を着た保健の先生がのぞいており、スッと手を伸ばしてKの手首に指を当てて脈を計った後、立ってKの顔を見下ろしたまま、やわらかな口調で話し掛けてきた。

「君は朝礼の途中で目まいがして倒れたそうなんだけど、おぼえている?」

「……いいえ」

続く説明によると、Kの体が突然前後にグラつき出したのを見て、隣の列の子が手を伸ばしてバッタリ倒れかけたのを支えてくれ、それを前の方で見た馬場先生がすぐに駆け寄って来て、保健室まで運んで来てくれたらしい。

「君は前から二、三番目なので馬場先生によく見えたんですって。それで、朝礼後にここへ来られた君のお父さんのお話じゃ、こないだ盲腸の手術をした時、病院の先生から君は貧血症だって言われてたらしいわね」

そう言いながらその保健の先生は、赤色の液体を入れた小さなグラスを持って来た。

「さ、そーっと体を起こしてごらん。そう、ゆっくり、そーっとね。どう? まだ目まいはする?」

「……いいえ。でも、なんだか、ゆらーっとするみたい……」

「分かったわ。それじゃ、これをゆっくりお飲みなさい。少しずつ、急がずにね」

言われた通りベッドの上で上半身を起こしたKは、受け取ったグラスに唇をつけ、一口そっと飲んでみた。さわやかな甘さと軽い刺激が、口の中にフワーッと広がる。

「ブドウ酒よ。初めて?」

「はい」

残りを二口に分けて、ゆっくり飲み干すと、顔が少しポッとほてってきた感じがする。

「ハイ、グラスを頂戴。少し顔色も出て来たから、もう一眠りすればすっきりするわ」

その言葉通りに再びぐっすり眠ったKは、二時間目か、三時間目だったかから教室に戻ることができ、後は普通に過ごしてこの日を終えた。父はその日の昼休みに保健室へ呼び出され、Kに対する家庭での食事療法について細かい指導を指示されたそうで、それを伝えられた母はその実行にその後何年も務めたそうだ。

一方、Kは、次の全校朝礼からは途中でちょっとでも気分がおかしくなりだしたら、すぐにその場でしゃがむようにと言われたが、実際にそのようにしたのは、どうやら一、二回だけだった。

その結果、この一騒ぎの後、Kの思い出にくっきりと焼き付いたのは、外ならぬあの赤玉ポートワインの強烈な味だった。

朝礼ではこのような思い掛けない出来事があったKだったが、授業の上では、教科書も文部省発行の全国共通のものだったせいもあり、Kの毎日の学校生活はすこぶる順調に経過していった。

ただ、そんな中でちょっと(あるいは、かなり)印象に残った科目が二つあった。それは音楽と図画の授業で、どちらも普段の教室は使わず、それぞれ専科の先生が受け持つことになっていた。

まず、音楽室で行われる唱歌の授業では、毎時間最初に「のど馴らし」と称して、その前の学期に習った曲の中から、クラスの皆が気にいっている曲を二つ歌うきまりになっていて、この秋Kのクラスで選ばれていたのは、教科書第八番の「動物園」と、教科書以外で習った野口雨情作詞、中山晋平作曲の「証城寺の狸ばやし」だった。

その第一曲を先生の軽やかなピアノの音に合わせて

〽動物園ののどかな午後は
　孔雀がすっかり得意になって……

と声を揃えて歌っていくと、その歌詞に合わせて両手を伸ばして上から横へ広げていったり、リズムよく両足を軽く踏み鳴らす子が何人もいた。しかもその様子を楽しそうに眺めながら先生がピアノを弾き続ける。このどちらもＫには信じられない光景だった。

学校唱歌でもこんな歌い方だから、証城寺の曲で大はしゃぎするのは当たり前だった。先生のはずむような前奏が始まった時から、嬉しさいっぱいの顔になっていた皆は、

〽証、証、証城寺、証城寺の庭は……

と、歌いだすと同時に全員思い思いのゼスチュアで熱唱する。当然こうなったら一回歌うだけでは収まらず、三回繰り返すのがこの曲のきまりだった。だから、Ｋもこの最初の授業で初めて聞いた歌だったが、三回目には皆と一緒に歌えるようになっていた。

こうして皆の気分が乗ってきたところで、この日のメーンの曲に入るのだが、Ｋが最初に授業を受けた時に習ったのは、教科書第十五番「牧場の朝」だった。

〽ただ一面に立ちこめた……

と始まるこの明るい唱歌を先生がどのような手順で教えて下さったか、今はそのお名前同様全く憶えていない。

しかし、これを習った二時間のことは今もはっきり憶えている。それは、この曲の最後の小節、

〽鐘がなるなる　かんかんと

の「かんかんと」を二重唱で歌ったことで、その高音部を受け持つ数名の中にKも選ばれたからだった。更にこれと同じ歌い方は、十月初めに習った教科書第十七番「広瀬中佐」を歌う時でも、その最終節、

〽杉野は何処（いずこ）、杉野は居ずや

でも行われた。それは三連を通じて行われ、Kを含めたクラス全員、港の出口の様子や半島末端にある記念碑などを思い浮べながら、心を込めて歌ったのだった。

だから、Kは唱歌の時間が毎週待ち遠しい程だったのだが、図画の授業には最初からまごついてしまい、唱歌とは正反対の展開になってしまった。

その授業がある図工室は、四角形のガッシリした木製の作業用の机が七つ、八つ配置された、ガランとした部屋だった。その大きな机を囲んで班毎に腰かけていると、袖の長いエプロンをふくらませたようなうすいブルーの上っぱりを着た、髪の長い男の先生が入って来て、いきなり言った。

「今日はこれの写生だ。班長は一冊ずつ持って行きなさい」

先生のテーブルには分厚い重そうな大版の本が置いてあり、班長が持って来た本には、その背表紙に『日本大百科事典』と書かれていた。

「先生、この本、どんな風に置いてもいいんですか」

「うん。置き方は班で相談して決めろ。早う決めんと時間がないぞ」

「先生、もう一冊下さい」

「勝手に持ってけ」

こんなやり取りの後、少し話し声がしたがすぐに静かになり、図工室備え付けの画板に各自持って来た画用紙をのせた皆は、クレヨンや4Bの鉛筆を使って黙々と絵を描き始めた。

しかし、Kにとってはこんな図画のやり方は初めてだった。

思い出してみると、七月まで通っていた茨城のあの村の学校でも、四月に新しく担任になった小松崎ふく先生が、最初の図画の時間に、三、四輪花が咲いているツバキの枝を挿した花瓶を持って来て、これを写生しなさいと言ったことがあった。しかし、何人もの男子がそんな難しいことはできないと口々に文句を言い、教科書にのっているツバキの小枝の絵を、その通りに写し取るようにし始めて、結局全員そのようにしたのだった。

それは習字でお手本通りに書くのと同じく、絵では臨画と呼ばれる勉強法で、Kは三年生まで図画の時間はずっとそればかりだった。だから、この日も朝ランドセルにいろいろ詰める時、図画の教科書に「書物」と題して本が一冊斜めにおいてある絵がのっていたのを見たおぼえがあった。

それで、持って来ていた教科書を取り出そうとして、ふっと気になって周りを見ると、教科書を広げている者など一人もいない。その上、それぞれの班の本の置き方も、一冊だけポンと放り出している班など一つもなく、立てて半開きにしてあったり、二冊少しずらして重ねてあったり、一冊置いた本に立てかけるようにして一冊は広げてあったり、それぞれいろいろ工夫してあり、一冊広げただけの班はKの所など二班だけだった。

その状況にかなりショックを受けたKだったが、とにかく描かねばと気を取り直し、ペタンと広げて置いてある目の前の事典の紙面が、細かい文字でびっしり詰まっている感じを描こうと試みてみたのだが、ただ黒っぽい汚いものになって時間切れだった。

しかもその二日後に教室に張り出されたのを見ると、二冊重ねた本の横に電気スタンドを書き添えたもの、窓側の学習机の上に開いたまま一冊置いてあるものなど、五、六点あった。中でも皆が感心していたのは、半開きの本に左右の手の指がかかっている絵で、これからこれを読むのだと分からせる出来栄えになっていた。どうすればあんな絵が描けるのだろう、Kは自分が情なく思うばかりだった。

更にその次の週のこの時間、いつものスタイルでKたちの前に立った先生は、持って来た赤いリンゴを皆に示しながら言った。

「今日描くのは、これからが旬になるリンゴだ。君たちの絵を見る人に、自分がリンゴに関してどう思っているかがハッキリ伝わるよう、しっかり考えて描いてみろ」

先生がこう言い終えて腰を下ろしたとたんに、皆が口ぐちにしゃべり始めた。

「しめた。おれ、日曜日に農園へ行って来たとこなんだぜ」

「ぼくンとこ、昨日紅玉のもぎ立てを一箱買ったんだ。リンゴの山盛り描いてやろっと」

「チェッ、かぶりつきながらだったら、うまそうに描けるんだけどな」

ああだ、こうだといろんな言葉が飛び交っていたが、すぐにそれも静かになり、皆夢中になって画用紙に手を動かしだした。

Kにとっては、バナナと同様、リンゴなども茨城では食べたことがなく、つい二、三日前、皮のまま思い切りかぶりついた方がうまいと言われ、お手本をやってみせた父が余りにも美味しそうだったため、すすめられるまま、ガブッとやってみた。とたんに口じゅうに酸っぱさが走って舌がしびれ、知らぬ間に唇がとんがってしまった。

「ウウウッ!……」

それを見るなり母が「プッ」と吹き出して笑いこけ、すぐその後で平あやまりにあやまる一幕があった。

それなのに、よりによって今日こんな題を出されるなんて、何と運が悪いのだろう。

いっそのこと腹でも頭でも痛くならないだろうか、あの全校朝礼のようにフラフラ、パタンとなってくれ、そうだ、気分が悪いと言って保健室へ転がり込もう。

そう決心して立ち上がった時、図画の教科書が床に落ち、そのはずみにパタンと開いたページに載っている、お皿にのせたリンゴの絵が目に入った。

先生はと思って顔を上げると、何が書いてあるのか手に持った本を夢中になって読みふけっている。よし、これを描こう。しっかり腰かけ直したKは、足元のその絵にチラッ、チラッと目をやりながら、一応リンゴの絵を提出することができた。

しかし、もう我慢も限界だった。その日、Kは夕飯の前に思い切って父に図画の時間での自分の状況を率直に話し、どうしたらよいか相談をしてみた。その結果、誰かよい先生に放課後個人指導を受けようということになり、翌日父がいろいろ聞いて回った揚げ句、旅順駅の近くで独り暮らしをしている老画家に頼んでみることになった。

それで、早速Kはその先生の所へ父に連れられて挨拶に出かけた。その途中、その先生がどんな方かちょっと不安な気もしていたKだったが、その白いあごひげと言い、背すじをピンと伸ばした姿勢と言い、あの五姓田芳柳じいさんとそっくりだったので、会うなりKは強い親しさを抱いてしまった。その気持ちがKの表情にも滲み出ていたのだろう、

「このじいの目をじっと見てみ。……よし、分かった。お引き受けしよう」

とあっさり決まり、毎水曜日午後、約一時間、とりあえず十月一か月という期限付きでKはそこへ通うことに話がまとまった。

学校の延長ではあるが、これも生まれて初めての新しい体験だった。

やがてその最初の水曜日の放課後、一旦帰宅してクレヨンだけを持ったKは、先日父と共に人力車（洋車（ヤンチョ））で行った道を、元気よく朝日町へ向かった。

この町は、白玉山の南の海寄りの麓をぐるっと回り、山の西側を南へ流れる竜河の川添いの細長い町で、うすいブルーのしゃれたロシア風の屋根が目立つ終着駅があるので知られていた。

Kが家を出発して約三十分、その駅前を通り過ぎた十数軒並ぶ先の赤レンガの家の前で、あの白ひげの老先生は、細かい模様の着流し姿で画板を手にして待っていた。

「こんにちは。お願いします」

「うむ。で、来よってすぐじゃが、おはんがこの辺見回いて、こいつをぜひ描きたい思うもんが、何かあったかな?」

「……ありません」

「そこン停車場も、じゃな?」

先生はこれを描かせたいのかと思ったが、Kは正直に答えた。

「はい」

「そいならば、……うむ、リンゴを食うたこつ(事)はあっじゃろ?」

またリンゴかと思ったが嘘はつきたくない。

「はい」

「リンゴ畑へ行ったこつは?」

「ありません」

「よし。そいで決まりじゃ。さ、行くぞ」

そう言った白ひげ先生は、下駄ばきのままスタスタと歩き出し、すぐ近くに入口がある細い坂道を、家々の後ろに入り込むように元気よく上り始めたが、その足の運びの早いこと。脇目もふらずKが追ううちに、左の方に一目でそれと分かるリンゴ畑があった。

しかも、その一隅にまるで誰かの指定席ですよと言わんばかりの感じで、麻張りの椅子が一脚しっかり据えてあった。

「ここへ来っ度にわいはこいに腰かけて、コン畑の木ぃから生気を貰うんじゃ。K君、こいに座って、真っ直ぐ正面ば見てみ」

そこには、ゆるやかな山の斜面にしっかり根を下ろした、直径が十五、六センチもありそうな幹から、四方八方に枝を伸ばしたリンゴの木があった。

部分的に少し黄ばみだした葉もあるものの、ツヤツヤした緑の葉が元気よく茂る間から、赤くなり始めたものから白っぽさが多いものまで、色付きの度合いがさまざまに違う丸々としたリンゴの実が、数え切れない程鈴なりになっている。

見とれているKに先生は画板をさし出しながら言った。

「立派な実がズンバイ（沢山）なっとっじゃろ。じゃっどん、そいを描くんば後回しにして、幹や枝や葉も入れ、木全部をボワーッと描いてみ。わいは三十分程その辺ば歩んで来っし、ざっとスケッチしてみ」

そう言い捨てて先生はさっさと坂道を歩いて行った。

これで一人になり、自分で思う通りにこの木の全体をざっと描けばいいんだと思ったKは、一度に気が楽になった。

青空は抜ける程で、陽は照りつけているが海からの風が涼しく、ひとりで歌が出て来る。

〜ただ一面に立ちこめた……

のびのびした気分でクレヨンを走らせ、これくらいでどうだろうかと手を止めた時、いきなり先生のしゃがれ声がKの後ろから下りて来た。

「ほう、こん木のどっしりした感じがよう出ちょる。そいでじゃ、こんリンゴン木ん中で一番大事なとこはどこじゃろう。こん木をよう見て尋（たん）ねてみい」

先生にそうすすめられたKは、心の中で木に話しかけてみた。

（実がくっついているのは？　……枝の先だ）

（その枝がくっついているのは？　……幹だ）

（その幹を支えているのは？　……地面だ）

「この木の中で一番元になってるのは、その太い幹です」

「うむ。そいがよう分かる絵にすっためには、どげんしたらよかかな？」

「分かりました」

どう描けばよいかハッキリしたKは、

「沢山実を付けたなあ、偉いぞう」

「もっと枝や実を可愛がってやれよう」

などと話しかけながら、何色も混ぜてまず幹を描き込み、続けて大枝、小枝と描いていった。

「先生、出来ました！」

「どーれ、……うむ、よう描いたのう。こいでぐんとこん木らしなったぞ。こうなっと、おはん、リンゴン実も描き足しとうなったんでないかな」

「はい、描いてもいいですか」

「いやいや。昔っから、急いては事を仕損じるっち言っじゃろが。今日んとこはぐっとこらえて、そん代わりに実の一つ一つに、来週しっかり描き上げてやっで待っとれっち声掛けっだけで打ち止めじゃ。そん絵はおいが預っとくし、実それぞれン顔ば憶ゆといてやれ」

それで、その通りKがリンゴに別れを告げて、この初日は終わりだった。ここへ来る時のあの緊張した気持がきれいに吹き飛んだKは、少し西に傾きだしたまっ赤な太陽に見送られて歩き出した。

そして、自分でも気付かぬうちに、

〽とどろく砲音、飛び来る弾丸……

で始まる「広瀬中佐」の唱歌や、この頃そこらじゅうで聞こえるようになった、

〽勝って来るぞと勇ましく
誓って故郷(くに)を出たからは……

で始まる薮内喜一郎作詞、古関裕而作曲の「露営の歌」などを口ずさみながら、元気よく帰って行った。

しかし、その日の夕食の時、どんな絵を描いたか見せてほしいと言う父たちに対して置いて来たと答えたKは、先生の言葉を告げながらも、帰る時のほっとした気分がにじみ出てくるのをどうしようもなかった。

さて、その一週間後、あの日の絵を思い返しながらKが朝日町に入ると、思いがけずあの白ひげ先生が駅前に画板を手にして立っていた。そして、これから駅長と少し話をしなければならない用ができたから一人で先に行ってほしいとのことだったので、Kはあっさりと画板を受け取り、あの細い坂道を勢いよく上がって行った。

その数分後、リンゴ畑のあの場所に着くなり、Kは思わず声が出た。

「ふーん、たった一週間で、こんなに変わるんだ。たまげたなあ……」

ハッと気づいて画板に挟んであった前回描いた自分の絵を開けてみた。その木全体がいくらか明るい感じになっているだけでなく、リンゴの実の一つ一つが、その色合いを見事に変えていたのだ。

(そうか、この子らは、この一週間でこんなに成長したんだ。すごいなあ)

Kはためらうことなく新しい画用紙を広げ、改めてこのリンゴの木を描き始めると、たちまち夢中になった。とりわけ実については、すっかり赤く染まったものから、まだひと月も経たないと赤くならないと思われるものまで、どの実にも三色、四色と使って濃淡を付け、じっくり描いていった。

その間にKが新しく発見したのは、この木の上に広がる青い大空の輝きと、太い幹を支える大地の力強さだった。だから、Kは小さな草や石ころなども見落とさずに地面を念入りに描くと共に、広い青空の中に陽光のきらめきも細かく散りばめていった。

したがって、白ひげ先生がいつ自分の傍に来られたか、Kは今日も気づかなかった。

「そん絵、リンゴの木に見せてやって、そいから家へ帰ればよい。よう描いたな」

先生の温かい言葉と共に、紙筒に収めた二枚の絵は、Kにとって何よりの記念品だった。Kが持って帰ったその絵を見た両親がどう言ったか、残念ながらKは何一つ憶えていない。Kの頭に残ったのは、すべてを忘れてあの木を描くのに熱中したなあという満足感だった。


その次の水曜日、朝日町へ向かうKの足の運びが知らぬ間に早くなったのは当然で、一回目のようにあの赤レンガの家の前で手ぶらで待っていた白ひげ先生からも、

「ほう。今日はえろう血色がよいの」

と言われてしまった。そして先生はあごの白ひげをなでながら、あっさり続けた。

「さ、出かけっぞ」

「はい。……でも、先生、画板は……」

「今日は頭ン中で絵を描く稽古じゃ」

それだけ言うと、先生はあのリンゴ畑へ行く細い坂道を上り始めた。ところが(何だ、またあそこか)とKが口の中でつぶやくと同時に、先生は右の方へ向きを変えた。

この辺り、白玉山の山裾も、外の山々と同じようにガサガサした地面が続き、あちこちに黄色い粒の丸い形の実がなっている低い茂みがあり、とてもいい匂いがするが、よく見れば細い枝も茎もトゲだらけだ。

先生はそれを上手に避けながら斜面を縫うようにして進んで行く。

そのうち、あの特徴ある駅の屋根を右の方に見下ろしながら通り過ぎ、更にもう五分ばかり休まずに歩き続けたところで、先生はようやく足を止めた。

「ようやくついたぞ。ここが今日のわいらン目的地じゃ」

Kはかなり息切れがする上に、帽子をかぶったおでこをはじめ、体中に汗をかいていた。だから、先生に返事もできないまま、少し平たくなっている地面に腰を下ろした先生を見て、まだ空いているその隣にちょっと会釈をして並んで座った。そのはずみに、ひとりでに「フーッ」と吐息をついてしまった。

「どうじゃ、心地よか風が吹いて来よっじゃろう」

しわだらけの顔をKと同じように上気させた先生が、着物の胸元を少し広げて言う、その声そのものが伸びやかだ。

目の前いっぱいに広がる西港の水面を渡って来た海風が、巨大なうちわになって吹き寄せてくる。その青い海は、午後の陽光をキラキラと照り返し、白いカモメが群を作って、水面すれすれに軽快に飛び回っている。

「おいは、気晴らしがしとうなったら、必ずここへやって来るんじゃ。そこで尋(たん)ねるが、おはんは、あん山ン名は知っとっか？」

先生が長い指先まで真っ直ぐ伸ばしたその前方遠く、西港をへだてた南の方になだらかに横たわっている老虎尾半島の付け根の辺りだ。

「あのちょこっと高くなっている低い山のことですか」

「そうじゃ。こっからはけっこ離れちょるし、あんまり高うは見えんどん、二百三高地など比べもんにならん程、懐ん深いふとか（大きい）山じゃ。おはんも四年生ならあん山ン名ぐらい知らん筈ないんじゃがのう」

「……すみません」

「いやぁ、謝らんでよかよ。あん山は、老鉄山（ろうてつざん）ち言うんじゃ」

「えっ、あれが老鉄山、ですか……」

「と言うとこ見っと、名だけどっかで聞いちょったわけか」

「はい。校歌に出て来るんです」

そういうわけでKがここで校歌を歌うことになったのは、全く自然な成り行きだった。

前に掲げた旅順第一小学校校歌の第二番は、こんな歌詞だった。

——国をはなれて　一千里
　独立自営の精神の
　　堅きは習わん老鉄山
　　高きは学ばん璽霊山
　　我等は未来の国民と
　　なりて報いんつとめあり

Kが気を付けの姿勢で校歌を歌うのを、座ったまま耳を傾けていた白ひげ先生は、歌い終えたKに元のように座るように手で示しながら、小さくつぶやいた。

「あん山ンこつを、字面だけで歌詞に折り込んだわけじゃな」

それを聞き取ったKが、その意味を確かめようとしたその先手を取って、先生はKの顔をじっと見て言った。

「こん辺りにゃ、昔からあん山について面白い話な伝わっちょる。そいは金の子どもン話じゃが、おはん、聞いたこつあっかな」

「いえ、ありません。聞かせてください」

そこで、先生がその山を遠くに眺めながらおもむろに話しだしたのは、こんな話だった。

――いつ頃からか分らないが、この老鉄山には世にも珍しい男の子が一人住んでいた。

その子の家がどこにあるのか、いつ生まれ、その親たちはどんな人だったのか、誰一人少しも知らなかった。

だが、頭のてっぺんから足の先まで、全身金色のその男の子は、天気がよくて、辺りがしーんと静まり返っている日には、この山のどこかの谷間に現れて、ひとりで楽しそうに歩き廻っていると言われている。

中でもその金の子どもがよく現われるのは次のような時だった。

まず、その季節が春ならば、この山の麓一体にもやがかかり、空におぼろ月がやわらかく浮び、温かさに身も心もゆったりする、とてもおだやかな宵だったり、辺りの海が小波一つなく鏡のように静まり返り、水の上をついそぞろ歩きしてみたくなる、ほっこりとした夕方など、その子は、辺りの眺めを楽しみながら静かに散歩していると言う。

また、秋になって、畑に植えられているコーリャンが、春に種子を播いた農夫よりも遥かに高く背が伸び、その頭に着いていているふさふさした穂の余りの重さに堪え切れず、一斉に頭を垂れておじぎをしているお昼過ぎ、金の子どもは山合いの谷間にひょっこり現れて、その豊作を祝福するかのように、嬉しそうに辺りを見て回るそうである。

そんな時に運よくこの金の子どもの姿を見ることができた人が、その子が立っていたと思われる場所へ行って、その地面を掘り起こすと金がどっさり埋まっており、その人は大金持ちになることができるという。

また、天気が良い日にその金の子どもを見つけた時、その子がどこか一定の場所をじっと見詰めている様だったら、その視線の先をよく見ておき、その場所を探し当てれば、そこにも大量の金が埋められているとも言う。

先生はポツリポツリとこんな話をした後、

「こいは昔話じゃけん聞いた者がどう受け止めようと勝手じゃが、今でもその金の子どもを探しにあん山へ分け入る者が時々おるそうじゃが、んまく見つけられる者は一人もおらんそうじゃ」

と締めくくった。

そこでKはすぐに確かめた。

「その子を見た人、今いるんですか」

「さあ、おいは知らんどん、おいにこん話聞かいてくれたんは、乃木町で材木屋やっとった西野ちうお人じゃった。そん人は、元は建築屋やったけんど、日露戦争ン時、軍の支那語ん通訳しとって旅順へ来て、こん話を聞いたんじゃそうな。そいで、じっくり考えて、その金の子あ自分の中におるち思うて、ここで材木屋を始めたんじゃそうな。おはんがリンゴン絵描いたあん農園も、その西野さんのもんなんじゃ」

先生は、Kが絵を習いに来るのは来週までで、その日はこの話のことを入れて老鉄山の絵を描いてもらうから、その積もりで来いと言われてこの日は終わりだった。

その日の夕方、やはり何を描いたかと父に訊かれたKは、そのまま正直に答えた。

「今日は何も書かないで、西港を眺めながら老鉄山の昔話を聞きました」

「金の子どもの話だな」

「そうなんです。だけど、あの先生にその話を教えてくれた西野さんという人のことを、おしまいに言われたんだけど、あんまりはっきり分かんなくて……」

「それはきっと西野のじいちゃんのことだろう。おぼえてるだろう？　あの人」

「えっ、僕がですか」

「欣一君やター坊のお祖父さんさ。八月に君が旅順へ来た翌日、まっ先に乃木町の西野さんのお宅へご挨拶にうかがった時、丁度来ておいでたじゃないか。今は日本橋を渡ったすぐ先の見晴らしのよいお宅に住んでいらっしゃる」

「それじゃ、毎日老鉄山を見ておいでるんですね」

「あの山を朝夕見たくてあの崖の上にわざわざお宅を新築されたそうだぞ。旅順ばかりでなく大連も金州も大きな木が全く生えてない土地だから、宮崎や大分や九州各地から太い材木を持って来て、建築材料として提供すれば、元から住んどる人も新しく来る人も皆が喜んでくれるだろう、そう思って仕事に励まれたんだそうだ。金の子どもは、自分にとっては、ここで材木商をやろうと思い付いたその心だったんだと、僕にも力説されてたことがあるんだ」

「はい。それでよく分かりました」

この時Kはそう答えたのだが、その一、二日後の音楽の時間に、北原白秋作詞、山田耕作作曲の「満州唱歌待ちぼうけ」を習ったことで、Kはようやく納得できた。

〽待ちぼうけ　待ちぼうけ
ある日　せっせと　野良かせぎ
そこへ兎が飛んで出て
ころり　ころげた　木のねっこ

で始まる、ピアノの伴奏がピッタリ合った、とても分かり易い内容の歌だった。だから、クラス全員、このストーリーの情景をハッキリ思い描きながら、繰り返し歌い、その最後の部分、

〽……もとは涼しい黍畑
いまは荒れ野の箒草
寒い北風　木のねっこ

だった。

を、やはり二重唱でしんみりとゆっくり歌い納めたのだが、この時、Kは、この可哀そうな男も、金の子どもを探しに老鉄山に分け入る者も、実はどちらも同じ生き方をしているのだと、はっきり合点したのだった。

しかしながら、この話のことはKなりに納得が行ったのだが、あの山をどのように描くかは別の問題だった。それは日常はKが見られない山だけに、日曜日に改めて日本橋辺りまで行ってみようかとKなりに考えたりした。だがその日は市のテニス大会があったため、母と共に父の応援で夢中になっていたら、あっさり一日過ぎてしまった。

そして水曜日、こうなったら出た所勝負だと腹をくくって出発し、西港全体が見わたせる辺りにさしかかって足を止め、老鉄山を見詰めたとたんに目を見張った。

最初に目にとまったのは、珍しく魚を釣っている人の後姿だったが、すぐにその向こうに広がる海上の様子が見ものだった。小舟一つない水面に、西日を受けた老鉄山の頂辺りがキラキラと映っており、弱い風が渡って行ったせいだろうか、そのキラめきがゆらゆらとくずれて、その山の姿が幻になる。

「うん。これだ！」

その短い眺めを目に焼き付けたKは、少しでも早くと足を早めて朝日町に向かった。

その日、Kが先週と同じ場所で描いた老鉄山は、目に見える以上にふくらんで頂が輝いており、黒ずんだ山肌には老人の顔が二つ三つうっすらと浮かんで見え、その前に広がる青い水面にはさかさまの老鉄山全体が映っている中、子どものような形をしたキラキラした小波が、おぼろげに浮き出ていた。

この絵に白ひげ先生がなんと言われたか定かでないが、Kが何より嬉しかったのは、その写生をしているKの横顔を描いた、先生のスケッチをお土産にもらったことだった。

「ひと月、よう通うて来たの。では、くれぐれも達者でな」

「どうもありがとうございました」

こうしてKの絵の修業は終了したのだが、残念ながら、これらの絵も先生の名前さえもKの記憶にない。しかしながら、この一か月の経験が二十年三十年後のKの思考回路にどんなに柔軟さをもたらしたか、計り知れない。

第六話 ● 初めての冬

Kが旅順へ来て二か月がたち、十月の下旬になると朝夕ぐっと冷え込んできた。

「K君、これ、やっと編み上げたから、明日起きたらすぐ着てちょうだい」

それは、ボタンが一つも付いてなく、頭からすっぽりかぶって着るセーターだった。一週間前から母がちょっとの時間も惜しむようにして、せっせと取り組んでいたのはこれだったのだ。

「せっかく編み終わったんなら、今すぐためしに着てみたらどうだ。もしもチンチクリンだったら困るじゃないか」

父がいたずらっぽい調子で言ったのに対し、いつもならすぐに何か言い返す母が、真剣な顔でKに言う。

「ほんと。一番心配なのは首回りなの。もしも頭が通らなかったり、着たまま脱げなくなったりしたら大変だから、今ちょっと着てみて。いいでしょ？　K君」

これだけ言われたら着るしかない。軟かい手ざわりの茶色のそれを両手で持ったKが、頭からすっぽりかぶると、印刷インクのような匂いがした。それにはかまわず、片手ずつ袖を通し、外側から持ち変えると目をつぶって頭を突き出した。体が締まって気持よい。

「どう？　きゅうくつじゃない？」

目の前の母の顔が本当に心配そうだ。Kはそのセーターの裾をもう一度両手でなでてみて、首を左右に回したり、両手を軽く動かしてみた。

「ぴったりしてて、丁度いいみたい」

「うむ、余計スマートになったぞ、K」

そこへ手を拭き〳〵顔を出した韓文蘭が、その両手を胸で合わせて声を上げる。

「坊ちゃん、よーく似合います」

「でも、楽に脱げるかどうか、さ、脱いでみて、K君」

どうやって脱ごうかちょっと考えたKは、裾をめくり上げた後、片手ずつ袖を脱ぎ、両手で襟をつかんで一気にめくると、頭はすぽっと抜けた。

「よし、明日のフリッツの散歩もそれを着たら大丈夫。よかったな、K」

「ありがと、お母さん」

「いやーねぇ、かさだかな……」

そう言いながらも、母はこぼれそうな笑顔だった。思えばこれが冬への助走だった。

その約一週間後、十一月に入ってすぐの土曜の午後、帰宅して昼食をすました父が、どこかへ出掛けにKに言った。

「今日はストーブを取り付けに来るそうだから、母さんの手伝いを頼んだぞ」

「はい。行ってらっしゃい」

と、あっさり答えたものの、ストーブという物がどんなものか、にわかに好奇心が湧いて来た。

そのストーブに必要な燃料だという石炭が、物置の隅の一メートル四方もある木箱に運び込まれたのは、この数日前だった。それを見たとたんに、Kは、画を習いに朝日町へ通っていたある日のことを思い出した。

その日、旅順駅の引込線に停車している屋根のない貨車に、何かまっ黒な石みたい物がうず高く積んであった。

「先生、あれ、何ですか」

「ほう、おはん、あいを見たこつ、なかっとか。あいは地の底から掘り出いた、石のごたる（ような）炭よ」

「石の炭……あれが石炭ですか」

「石炭ちう言葉だけ知っとったわけか。こん大地が人類に贈って下さった、かけ替えのなかお恵みじゃ。あいが連日ここに届くようになっと、冬将軍が来るわけよ」

この白ひげ先生の言葉を改めて思い出しながら、早くストーブが来ないか、読書にもなかなか集中できなかったが、三時のおやつももうすぐという頃だった。

伊知地町の官舎を順に三人組でやって来るというその人たちが、窓の外でちらっと見えたと思った時、母が寄って来て言った。

「K君、そろそろ家の番らしいから、フリッツが暴れないように裏でお相手してやって」

「えっ、どうして？」

「ほら、もう唸り出したわ。これはあなたしか出来ないお手伝いなの。ね、お願い」

母に手を合わせられたらどうしようもない。後で聞いたところでは、その三人組の中の二人が中国人（当時は支那人と言った）だからだそうで、石炭を運び込んだ時も大変だったらしい。

裏口から急いで外へ出たKがフリッツに素早く引き綱をつけて裏庭の柱につなぎ、新しい豚の骨を与えて三十分、待っていたら母の声がした。

「ありがとう。もう済んだから離してやって。もちろんあんたも中に入っておやつをどうぞ」

ダルマストーブ
新穂栄蔵『ストーブ博物館』北海道大学図書刊行会

中では、座敷寄りの居間の中程に、鈍い黒こげ色のずんぐりと丸くふくらんだ、高さ六十センチ程のごつい置物が、ブリキ張りの長四角の板敷の上に、やや控え目な感じで据えてあり、煙突が上に伸びていた。

　Kが豚まんじゅうをほおばりながら、その新入りをしきりに気にしているのが分かったらしく、母が手招きして説明をしてくれた。まず、でぶっとふくらんでいるおなかの扉を開けて、

「ほら、ここに棚があるでしょ。この上に詰めた石炭が燃えると、下に落ちた燃えかすの灰はその受け箱にたまるから、たまり具合を見て、この下の扉を開けて箱ごと出して、外で灰を捨てて来るの。簡単でしょ」

そして、両方の扉をしっかり閉じた母は、もう一言付け加えた。

「今はからっぽだからこうやって触っても平気だけど、火が入ったら熱くなるから呉々も用心してね。あんたなら言うまでもないだろうけど」

「でも、ぼく、初めてだから」

「そうよね。こんなダルマストーブ毎日使うの、北海道ぐらいだもんね」

「えっ？　ダルマ……？」

「それはね、このストーブは鋳物だから、中に入ってる石炭がどんどん燃えると、ふくらんでるここ全体がまっ赤になって、ダルマさんの玩具みたいになるからなんだって」

「ふーん、いつもそんなに燃やすんですか」

「まさか、ダルマさんを一ぺん怒らせたら手がつけられなくなるんだから、絶対だめよ、怒らせちゃ」

それに返事するかわりに、Kはふっと思い付いた疑問を尋ねてみた。

「学校でもストーブ使うんですか」

「ううん。学校や病院、お役所なんかは地下に大きなボイラーがあって、それで沸かしたお湯や蒸気を、建物中に張りめぐらしてるスチームに送り込むようになってるの」

「教室もですか」

「教室も廊下も職員室なんかもね。ただし、体育館なんかは無しだよね」

Kにとっては何もかも初めてばかりだった。そしてそのダルマストーブに父が火をつけたのは、それから三、四日過ぎた夕方だった。火を入れて十分程して父が上の扉を開けてくれたので、喜んでしゃがんでのぞいてみたら、下積みの石炭がカッカと燃えていた。

「すごい勢いで燃えるんだ」

「汽車も汽船も発電所も、エネルギーの源はこの黒い宝石さ」

父の言葉の中には分からない部分もあったが、黒い宝石という言葉はその通りだとKも思った。その後三十分もすると、ダルマさんのふくらみの辺りが赤味を帯びて来、Kはあのセーターを脱がずにいられなかった。

また、その頃には、二重のガラス窓の外側の一面にキラキラ輝く氷の模様が、さまざまな形を見せるようになった。とりわけある日の窓一面の縞模様は、あの朝日町通いの最後の日、西港の路上から見た鮮やかな水面のきらめきそっくりで、Kはなかなか窓から離れられなかった。

これが冬将軍到来の静かな幕開きだった。

このようにして、十二月に入ったとたん、零度以下の日が毎朝つづきだした。と同時に、学校でも登下校でも、小学生誰もが口癖のように歌う元気な声が聞こえ始めた。中でも皆一様に声を張り上げるさわりはこんな歌詞だった。

〽寒い北風吹いたとて
挫けるような子どもじゃないよ
満州育ちの私(わたし)たち

現在Kが覚えているのはこの部分だけで、メロディから考えてこれは一節の後半だと思うが、この歌の曲名もこの前の歌詞も、どうしても頭に浮かばない。多分現地で使われていた副読本『満州補充読本』ではないかと思って確かめてみたが、どの改訂版を見ても全く記載されていなかった。いつかこのデータが見付かる事を希いつつ、ここは話を進めよう。

この子どもらの歌声は父の耳にも当然入っていたらしく、ある土曜日、学校から帰って食事をすました父がいきなり言い出した。

「K、これから靴屋へ行くぞ」

「ぼく、靴ならあるけど……」

「つべこべ言わずに、行くと言われたら付いて来い。ぐず〳〵しとると置いてくぞ」

大股で歩く父に置いて行かれないように小走りで付いて行くと、間もなく青葉町に来た。この町から乃木町三丁目にかけて、白玉山の東側の山裾に靴屋は三、四軒ある。

父は、Kも以前寄ったおぼえがある店へさっさと入って行った。そこへ入るなり、Kは前に来た時と展示売場が大きく違っているのに気が付いた。棚にズラリと並んでいたのは、ピカピカ光る細長い金具を靴の裏側にしっかりねじで止めた、見るからに奇妙な革の編上げ靴だった。

その棚の前に立ってKがポカンと見とれていると、店の奥で親しげに話していた父が、主人と連れ立って近寄って来た。

「男子はほとんど皆スピードスケートを履いてるから、この子の足に合うやつをお願いしますよ」

「受け持ちの先生はどなたです？」

「馬場さんだから安心して任せられます」

「ああ、あのお方ならね」

それからは、店の主人が次々と取り出す靴を、父にしっかり支えてもらって履いたり脱いだりを繰り返し、どうやら決めた時にはKはかなり汗をかいていた。

というのは、靴底の下に刺身包丁のような物をくっつけた靴を、店で特に用意したらしいはめ込み式のケースに入れ、そこで立ったまま足を出し入れして具合を見るのに、Kはその都度父に支えてもらう緊張のせいだった。

だから、漸く決まった一足の包装を待つ間、父がフィギア用とスピード用の靴の違いを、実物を手に取って具体的に説明してくれても完全に上の空だった。どっちにしろこれまで写真も何も見たことが全くゼロだったのだから当然だった。

だが、店を出る時、やはり初めてらしい中学校の帽子をかぶった男子生徒が、母親と連れ立って店に入って行くのを見ると同時に、この人はあそこで足のサイズを合わす時に誰に支えてもらうのだろうと、Kはふっと思った。

更にその日の父の役割はこれだけでは終わらなかった。

夕食がすんで母が韓文蘭と後片付けに立つのに合わせて、父の個人指導によるKの基礎トレーニングが始まった。

「氷の上をスケートで滑る時、体の中で最も重要なのは膝なんだ。だから、滑る前に絶対にしなければならないのは、膝の曲げ伸ばしを念にやることだ。ぼくがやる通りにやってみろ。いいかな」

両手を前に下げて手の平を当てた両膝の曲げ伸ばしを、父の号令に合わせて数回やり、次は深くゆっくり曲げて伸ばす運動も同じ程、これを繰り返して一区切り。

つづいて父は今日買ったばかりのスケート靴を箱から取り出してKに見せながら言う。

「この長い刃の部分はエッジと言うんだ。滑る時以外はエッジにはこのケースをかぶせておき、氷の上に降り立つ直前に外してケースはズボンの尻のポケットに二つに折って入れておくんだが、今夜は畳の上でのトレーニングだから外さずにおくぞ。それじゃ、自分で靴を履いてみろ」

「どこで？」

「そうだな、そこの椅子に浅く腰掛けてどっちの足からでもいいから履いてごらん」

靴だけなら夏以来毎日履いているから馴れているのだが、腰掛けたまま床に足をつけてみても、何だか浮き上がってる感じだ。

「しっかり履けたら、エッジを床に立てて、うん、その位置を開けて、足首を横にぐにゃっと曲げないように気を付けて、その場にそーっと立ってみろ」

そう言いながらKの前に立った父が両手を前に差し出したから、ためらわずにそのごつい手をぐっと握ったKは、

「一、二の三！」

という父の声に合わせて、ぐいっと手に力を入れると同時に尻を浮かした。

（立てた！）

「いいぞ、K。ぼくの手は離すから、背をまっ直ぐ伸ばしたまま、肩の力を抜いて深呼吸してみろ。はい、吸って……吐いて、吸って……吐いて。あごを引いて前の方をまっ直ぐ見るんだ。膝をもうちょっと曲げた方がいいかな、そうだ、それが氷の上に降り立った時の基本姿勢だ。いいぞ、K。

それじゃ、手を軽く握ったまま、次は膝の曲げ伸ばしを少し深目にやってみよう。一ー二、三ー四、二ー二、三ー四、氷の上でもこれを必ず最初にやらなきゃならん、準備運動だ。よーし、これはそれ位にして、どうする？　もうちょっとやれるか、K」

「やれます！」

「それじゃ、いよいよ歩行練習もやってみよう。まずその第一は足踏みだ。エッジを平らに保つ事を忘れずにな。はい、トントン、トントン、一、二、三、四、二、二、三、四。ちょっとストップ。足首が少しグラッとしかけたようだから気を付けよう」

「知らない間に手は振ってたけど……」

「もちろん、いいさ。ただ、ひじを少し曲げることも忘れずにな。さ、もう少し足踏みをつづけよう。トントントントン、一、二、三、四……」

その頃には、最初畳の上に降り立った時の不安がすっかり消えて、靴全体が足にぴったりなじんでいた。

「ではお仕舞いは歩く練習だ。十センチ程ずつ足を出して、ゆっくり前へ進んで行こう。そーれ、一ー二……三ー四、五ー六……七ー八、前をよく見て、背を伸ばし、二ー二、三、四、五ー六、七、八……」

この歩く練習をしばらくつづけるうちに、隣の部屋に入ってしまった。

「よーし。今日のトレーニングはここまでだ。よくやったなぁK。たいしたもんだ」

そう言いながら父が運んで来た椅子に腰をおろしたKは、頭から足まで汗びっしょりだった。それをバスタオルできれいに拭き取った後、二重窓の間の天然冷蔵庫に入れてあったサイダーは、比べようがないおいしさだった。

この畳の上での歩行トレーニングを、その翌日は帰ってすぐと夕飯後、独りでみっちりやったその次の日だった。

朝礼が終わるのを待ちかねていたように、クラスの誰かから大声が上がった。

「先生、学校池、バッチリ凍ってました」

「水兵さんが滑ってたから、ぼく、注意してやりました」

「先生……」

「分かった。何べんもしつこい。では、今日三時間目は学校池の往復に変更するから、二限後校門前に集合だ」

「スケート持ってってもいいですか」

「滑るのは、氷の状態を確かめて校長先生の許可があってからだ。以上終わり！」

その打ち合わせ通り、三時間目には全員揃って学校の南東、歩いて五分少々の池に向かった。見ればスケート靴を首の後ろに掛けている者が二、三人おり、先頭に立った先生は、何に使うのか分からないが、ロープの束を片方の肩に掛けていた。

目指すその学校池は、縦が百二、三十メートル、横巾が七、八十メートルの、後ろの方が少し広がって草履に似た形になっており、その周囲はゆるやかな斜面に囲まれて、時折りカササギの声がひびく中、陽光の下に静まり返っていた。


その池の近くへ降りて行くと、水際のあちこちに、スケート靴を履いたり、氷の上へ降りたりし易いように、長さ二、三メートル程ある板のように平たい石や、レールの下に使っていた古い枕木などで、一段だけだがしっかりした段が出来ていた。

「四班に分かれて降り口が大丈夫か確かめると共に、邪魔になりそうな物があったら拾って来てゴミ捨て場に処分しろ」

馬場先生がこれだけ言うと、皆は忽ち班毎に分かれて動き始めた。その中にまじって動きながらKが聞いたところによると、体操が専門の馬場先生が受け持った三年生以上のクラスは、こうすることになっていて、去年も今頃これをやったということだった。

「この間、先生は何してるの？」

「ほら、ああやって、池の周りを歩きながら氷の張り具合を見てるんさ。さ、そろそろ引き返そう。これから、一仕事が始まるんだ」

やがて見回りを終えた皆が元の場所に揃ったのを見て先生が言った。

「準備はよいな、南場」

「はい。いつでも出られます」

水際に立っている小柄なその南場君は、ちゃんとスケートを履いていた。そのそばへ近づいた先生は、肩から腰にかかるようにしてロープを巻いて、池に向かって左の方を指さしてその肩をポンと叩いた。それが出発の合図だったらしく、ロープにつながれたまま氷の上に降り立った南場君は、岸から三メートル程まっ直ぐ滑って行って左に向きを変えて立ち止まって、先生の方へ振り向いた。

「よし。出発ー！」

ロープの端をしっかり握った先生が、号令と共に池の端を走り出したのを見て、氷上の南場君は、スイーッ、スイーッと滑りだした。

何人かが先生の後を追ったが、大半はその場に立ったまま氷の上を軽やかに滑って行く南場君をじっと見詰めていた。Kもその中にいたのだが、すぐに南場君の役割に思い当たった。彼は、この池の氷の厚さが人が乗っても大丈夫かどうかを、自分の体で確かめているのだ。つまり彼の体に結わえてあるあのロープは、氷が薄くて彼が水中に落ちた時に彼を岸に引っ張り上げるための命綱で、その万が一の時に備えて先生は彼にくっついて走ってるのだ。

何てひどい事をする先生だろう。南場君の親は自分の子がこんな危ない役をさせられてることを知ってるのだろうか。そう思いながらKが改めて南場君をよく見ると、彼は決してスイスイとスピードを上げたりせず、少し行った所で立ち止まって少し横に動いたり、両足を揃えてジャンプをして見たり、手で日光を遮って辺りの氷を見詰めたりしては調べつづけている。

どうやら、そこらを注意して調べろと先生から言われていたらしく、立ち止まったまま先生に向かって両手を上げて輪を作って見せ、先生もそれに返事をしたらしい。彼はしっかり姿勢を立て直すと、スイーッ、スイーッと滑り始めた。

そのすぐ先は池も丸くなっていたから、彼は足を上手に交差させて右の方へカーブを切って行く。そのずっと外側を遅れないように斜面の裾を走って行く先生は大変だ。

Kの近くにいた誰かが思わず叫んだ。

「先生ーッ、ガンバッテー！」

すかさず誰かがやり返した。

「南場ーッ、負けるなようー！」

その間に二人は皆の向かい側のゆるやかなコースに入り、応援の声が大きくなった。

「先生、ガンバレ……」

「ガンバレー、南場」

どうやら南場君は先生のスピードに合わせると共に、周りの氷の様子を確かめることにしたらしい。皆の声援もそれに調子を合わせ出し、Kも両方に声を送るだけで、すっかり楽しくなってきた。

それからはごく僅かの間だった。出発点に来たところで両足を揃え、斜めにシュッとストップをした南場君が、上気した白い丸顔ににこやかな笑みを浮べて池端の段を上がったとたん、二、三人が駆け寄ってロープをほどいた。

一方、地上伴走者だった先生は、斜面の上の方でロープを投げ出して腰を降ろし、普段の赤ら顔をもっと赤くして大息をついていた。

これでこの日の体操の授業はお仕舞いだった。そして、この日の終わりの会では、

「明日から体操の時間はスケートをするから、皆その積もりをして学校へ来るように」

という嬉しい宣告があった。

その帰り途、もう一度学校池リンクを見て帰ったKが、家でのあの稽古を更に入念にやったのは言うまでもない。

さて、その翌日の四時間目、一同揃って足取りも軽く学校池へ行き、準備体操をきちんとすませると、スケート靴を履いた者から次々リンクへ降りて行った。あっけにとられたように突っ立っていたKに先生は言った。

「K、お前は初めてだから、いい先生をつけてやる。この先生の指導通りに練習すれば、今日一日でス

イスイ滑れるから、よく習え」

そのすごい先生は馬場先生の後ろでにこにこ笑っていた。そして、新品の靴を履いたKが、どこから氷の上に降りようかとためらっていると、すぐに横から教えてくれた。

「も少し向こうの降り場に手摺りがあるから、それにつかまれば降り易いよ」

そう言われた通りにして氷の上に立ったとたん、Kはハッとした。

(わー、固い！　畳の上と全然違う！)

「すぐ滑ろうとするとツルッ、バタンになるから、まずここに立つ稽古さ。その手を離して、肩の力を抜き、あごをひいて前を見たまま、軽ーく深呼吸してみて。ゆっくりね」

そう言いながらKの前に立った身長も同じ南場君は、明るい調子でつづける。

「では、その場で足踏みしよう。ぼくに合わせてゆっくりね、お一、二、三、四……」

(家でやった通りだ、一、二、三、四……)

Kがこうして足を氷になじませているうちに、南場君は横に並んで次の段階に進める。

「それじゃ、少しずつ前に歩いて行こう。そう言っても十センチ位ずつだけどね」

これも順番通りだけれど、片方を前に出す度に足だけツルッと勝手に前へ行きそうになる。それで、二、三歩やってみたところで、足の動きに合わせて体の重心も一緒に前にずらすようにしたら、不安なく足を出せるようになった。右、左、右、左……

「うわァ、うまいなァK君は。そのままスケートを氷から浮かさずに、少しずつ余計に前に出して行こう。一、二、三、四……」

そのうちに、いつの間にか足を出す度に少しずつ氷から浮かせるようになったから、そっちの膝に力が入るように少し曲げると同時に体をそっちに乗せ、後足を浮かして引きつけるようにした。すると、ひとりでに手も前後にゆれて来て、ひと足で三十センチ程も進めるようになった。

「あっ、ぼくが言う前に次の段階に進んじゃったな。その調子でいいんだけど、この辺からはカーブになってるから、出足を小刻みにして早目に後足を出して行こう。そう、その調子、その調子、体の重心もカーブの内側へちょっと傾けるようにして、そう、その通り、ほーら、これでカーブは回り切ったから、しばらくは前をしっかり見て人にぶつからないようにして、スーイ、スーイ……スケートって気分いいよね……あ、この辺で止まる練習もしておこう。ではまず両足を揃え、手も振らないでいると、ほーら遅くなってきたよね。両爪先を斜めにキュッと、ほら、出来ちゃった。ああ、そろそろ引き揚げの旗が振られてるから、最初の所までこの調子で滑って行こう」

この先はKもすっかり楽な気持ちで滑ることができた。だから、元の場所に戻った時、

「南場君、ほんとにありがとう。まるで夢を見てるみたい」

と、何度も頭を下げたが、それには取り合わず南場君が訊いた。

「それよりも、K君は前にスケートをやったことがあるんじゃないの？」

「氷の上に乗ったのは初めてだけど、家で三日程前から畳の上での練習をしてた」

「あ、そうか。特別の家庭教師の先生がついてたんだ」

ここで先生から出発の号令がかかり、歩き出したところで先生はすっとKの側へ来てささやいた。

「家へ帰ったら、ヒゲさんに、一日でリンク一周ができるようになったぞって言ってやれ」

　この日、家で大急ぎでおやつを食べたKは、すぐにスケートリンクへ駆け戻った。そこには一年生から六年生までごちゃまぜになって、つんのめったり尻餅をついたりして滑りまくっていた。だからKも喜んでそのお仲間入りをしたのだった。

　昭和十二（一九三七）年十二月、海を渡った大陸での戦争は、南の方、南京方面へと広がりつつあったが、旅順でのKの初めての冬は、寒気をはじめ新しいもの尽くしだった。

第七話 ● 昭和十三年一〜三月

それぞれの家の正月の迎え方にこんなに違いがあるものだろうか。

昭和十三（一九三八）年一月一日、初めて旅順で元旦を迎えたKは、いつもと同じく二重ガラスの窓に美しい模様が浮かんでいるのを横目で見ながら、枕元に用意してあった新しい衣服に着換え、便所に行こうとしたところでいきなり声がかかった。

「おめでとう、K！」

ストーブに火を付けていた父が目に入って慌ててそっちを向いて頭を下げ、

「……おめでと、ございます……」

口ごもりながら答えると、台所にいたらしい母が白いエプロンに身を包んだ姿でひょいっと顔をのぞかせ、明るい声で言う。

「あ、もう起きたの？　明けましておめでとうございます」

「……明けまして、おめでとうございます」

一年前、無言の行で神棚にお参りした後、全員仏間に正座して父に向かって一斉に、

「おめでとうございます」

と挨拶をする林家とは、まさに雲泥の違いだった。

急いで洗顔をすましたKは、フリッツを連れて零下十度の裏山散歩へ行って来て、こごえ切った手足をストーブの側で温めて一息ついたところへ母の声がした。

「そろそろ、こっちへいらっしゃい、K君」

父も母もきちんと和服を着て座っている隣の部屋では、食卓の中央に四角いつやつやとした三段重ねの

塗り箱が置いてあり、そのすぐ横に、三つ重ねの朱塗りの杯をのせたお膳と、つるに小さなのしを付けた美しい急須が添えてあり、それぞれの前にお皿が配置されている。

「では、まず、おトソをいただくぞ」

そう言いながら杯が載った小振りなお膳を両手で持った父は、それをKの方へ差し出して、

「この一番上の杯を両手で取りなさい」

言われるままに取ったKの杯の上で、父はきらびやかなお飾り付きの急須の口を近付けて、二回注ぐまねをした後、三度目にオレンジ色の液をチョロチョロッと注いだ。とたんにお酒の匂いがプーンと漂って来て、Kののどがゴクッと鳴った。

それがちゃんと聞こえたらしく、

「そのままちょっと待ってなさい」

そして、自分で手を伸ばして次の杯を取って待っている母の杯へ同じようにそのお酒を注ぎ、お膳に残った三つ目の杯へもお酒を注いだ父は急須を食卓に戻し、両手の指先で持った杯を顔の前まで上げた。それを見て二人が同じようにしたところで、少し声高に言う。

「今年もどうかよろしくお願いいたします」

母がそれに唱和したので、Kも唱えた。

「……お願いします」

そして一気に飲み干したのだが、お匙一杯もない程だから、口の中に甘いお酒の香がフワッと広がった程度でKは何となく物足りない。それが分かったかのように父が説明する。

「K、これは、昔から宮中で元旦に不老長寿を祈っていただく、おトソという特別なお酒なんだ。これで君も長生き出来るぞ」

その時Kが思ったのは、だからこんなチョロッとしか飲めないんだという程度だったが、米寿を迎える今、このおトソの有難さと父母への感謝を心から想う。

この父の言葉が終わったところで、母が食卓の上に重箱を並べ始めた。

「すごい料理だろう、K。去年まではこの半分もなかった。どれもこれも四日も五日も前から母さんが寝る間も削ってこしらえた特別製のおせちだぞ」

「ううん、わたしだけでなく、文蘭がほんとによくやってくれたのよ」

「そうか。それじゃ、あの子もここへ……」

「待って。さっき寝たところだからそっとしておいてやって」

二人がこんな話をしている間、Kは重箱を一つずつ順に品定めだ。一の重には、かずのこ、昆布巻、エビの丸煮、黒豆、田作り(この名は後で教えてもらった)、紅白なますなど。二の重には、卵巻、若鶏のから揚げ、焼豚、野菜のハム巻など。三の重には、栗きんとん、やつがしら、里芋の甘露煮、紅白蒲鉾、ベロベロ(卵が少し入った寒天を溶かしたもの)など。そしてどの重箱にもサヤエンドウが彩りよろしく差し挟まれていたし、各自の前には一尾丸ごと調理した鯛をのせたお皿も取り皿の外に置いてあった。父がKに言う。

「自分の食べたいものを取り皿に二種類程よそって食べ、それを食べ終えたら別のをよそえばいい。後でお雑煮も出るし、今日の夕飯も明日の朝もこれを食べるんだから、そのつもりで後回しにしといてもいいんだから」

父と母は早速鯛をむしりだしたので、Kは卵巻や鶏のから揚げ、紅白の蒲鉾などを手初めに、少しずつ種類を増やしていったが、どれもこれも頬が落ちそうな程おいしかった。この中の何種類かは弁当や夕飯のお菜として食べたことがあったが、一ぺんにこんなに揃って出たことは一度もなかったし、茨城の家では考えようもない夢のまた夢だった。

しかしそればかりでなく、暫く母がいなくなったと思ったら、間もなくお盆にお椀を三つのせて戻って来て、

「はーい、お待ち遠さまー」

それは焼いた様子がわずかに分かる四角なお餅二切れに、細かく切った肉やニンジン、シイタケなどが入ったお雑煮だった。

「お代わりもあるから、ゆっくり召し上がれ」

その言葉通り、Kがマイペースで食べている間に父も母もあっさりお椀を空にし、揃ってお餅三切れ入りの二杯目に舌鼓を打っていた。もちろんKはこの一杯で満腹だった。だから三人揃って手を合わせて唱えた。

「ご馳走さまでした！」

の一声も、文蘭がびっくりしてはね起きた程、心の込もったものだった。

その後、普段の倍も時間をかけてヒゲの手入れをし、一張羅の服を着た父が九時少し前に出発するのを

母と共に見送ったKは、ゆっくり便所へ行って、しっかりオーバーや手袋に身を固めた後、母と文蘭に見送られて学校へ向かった。

全国の小中学校と同じように旅順第一小学校でも十時から講堂で新年の式があったのだ。

〽年の始めの例とて
終りなき世の　めでたさを
松竹たてて　門ごとに
祝う今日こそ　楽しけれ

明治二十六（一八九三）年に作られたという「一月一日」のこの唱歌を全校一斉に大声を出して歌いながら、Kは茨城での去年のことを思い出した。式が終わって、教室へ帰ってすぐ、誰だったかこの歌の後半部の替え唄を歌いだして皆大喜びし、

〽松竹けっころがして大騒ぎ
後の仕末は誰がする……

と大声で歌っていたら、丁度廊下を通りかかった男の先生の耳に入り、皆こっぴどく叱られたのだった。

それというのも沓掛では松も竹も梅もふんだんに生えており、多くの家で門松を立てていたから、皆実

感こめて歌えたのだが、旅順ではどちらも貴重な植物だったからだろう、この朝Kが学校へ来る途中でもちっとも見られなかった。四年一組でもこんな替え唄など誰も知らないだろうと思っているうちに、続く二番も歌い終えていた。

そして、その後始まった校長先生のお話の間も、家へ帰ってから午後は何をして過ごそうかという思案をKは楽しんだ。Kの家には去年八月に既刊本をまとめて取り寄せ、後は毎月三、四冊ずつ新刊が出る度に書店が届けてくれる「講談社の絵本」が、合わせて五十冊以上ある。とりわけ十二月には前半と後半二回に分けて発売されて大いに読み応えがあった。あの中の『支那事変武勇談』と『支那事変大勝記念号』をもう一度じっくり読み返してみよう。そう言えば十一月に出た『明治天皇御絵巻』は二冊分近い量があり、あの白ひげの仙人みたいでやさしいおじいさん、五姓田芳柳先生が描いたものだからもう一度読み返そう。

そんなことを思い巡らしているうちに式は終わり、教室へ戻ったとたん、こんな声が耳に飛び込んで来た。

「○○君、ひるから学校池行かないか」

「スケートか。うん、行こう、行こう」

そうか、その手もあったっけ。本はいつでも読めるけど、学校池でのスケートは二月十一日までと定まってるから、一日でも多く滑りに行かなきゃ。

こうしてKにとって旅順最初の元旦の午後は、片足でどれだけ長く滑られるか競争をしたり、八人程が半分に別れてリレーをしたり、楽しくスケート遊びが出来た。だからその日の夕飯は、あのおせち料理と赤飯を、余り食が進まなかったお昼の倍程もたっぷりいただいたのだった。

その明くる日、午前は書き初めに決めてあったから、まず納得のいくまで墨をすり、これも定められていた「初日の光」の下書きを父にいろいろ言われながら書いた上で、前以て学校で渡されていた清書用の紙三枚に、何とか書き上げたらもう十時を過ぎていた。

そこで父は毎年恒例だというフリッツを連れての市内何軒かへの年賀に出かけ、母は歌の稽古を始めたので、Kは安心して「講談社の絵本」を楽しむことが出来た。そして早目に母子で昼食をすまし、お里帰りをする文蘭を見送った後、

「三時には帰ってらっしゃいね」

という母の声に送られて家を出た。

ところが、学校池に着いてみると、昨日は一人もいなかった海軍さんが驚く程大勢来ていて、Kたちが昨日リレーをやったメンバーはほぼ揃ったものの、これではとてもやれそうにない。とりわけ今日の海軍さんはそこらじゅうで盛大にひっくり返ってばかりいる。呆れてそれを眺めているうちに仲間の一人が面白いゲームを思い付いた。

「二人一組になって今にもステンとやりそうな海軍さんにくっついて滑り、どんなにうまく巻き込まれずにその側をすり抜けられるか、比べっこしよう」

早速そのゲームに取りかかったのだが、いざやり出してみると、すぐ転びそうだと思った人が案外なかなか転んでくれなかったり、マークしていた人が余りにも派手に転んだため、その近くをスイスイ滑っていた別の海軍さんが転んでしまい、こっちはその巻き添えになったという出来事があった。だが、それ

はそれでまた十分面白かったから、忽ち時間が過ぎていった。

そのせいだろう、池の近くにある役所の外壁に付いている時計が三時になったのにもKは全然気が付かず、友達の一人から

「K君、まだ帰んなくていいのか、今日は三時までだって言ってたけど」

と言われてパッと見たら、もう十五分過ぎだった。それで駆け足で家に帰り、恐る〳〵ドアを開け、蚊よりも小さな声で、

「……ただ今……」

と言ったとたんに、

「もう五時よ。どこほっつき歩いてたの！」

「えっ？　五、五時？……」

「ハッハッハ。K、母さんの顔見てみろ」

「冗談よ、たった三十分遅れただけじゃないの。さ、紅茶をどうぞ。あんたのためにちゃーんと冷ましといたのよ」

ふっと気が楽になってググーッと飲んだ、わが家愛用のイギリス、リプトン社製の紅茶は、お砂糖加減もピッタリでまさに甘露。一気に飲み干してお代わりを入れてもらい、口を近づけてハッとなった。

「ほらね、あなた。この子ひどいネコ舌だって言った通りでしょ」

「ほんとにネコ舌なのか、K」

「はい。ぼく、お茶も、おツユも、熱いのはダメなんです」

「だけどウサギ年なんだろ？」

「トラ年でもウマ年でもネコ舌はいるのよね、K君？」

Kにはわけの分からないやりとりだった。

やがて四時近く三人が馬車で向かったのは、旅順駅よりもっと西にある扶桑町に、去年の十二月に落成したばかりの西野さんのお邸だった。Kを挟んで三人並んで腰かけた馬車が、旧市街の端にかかっている日本橋を渡るところで、父がふっとつぶやいた。

「秋にはここを歩いて絵を習いに通ったんだったな」

「あの先生、内地へもう帰られたんですか」

「そうらしい。ひょっとしたら、この海の向こうであの先生も今頃思い出しとるかも知らんな」

「あの最後の日。あんまり帰るのが遅かったから、わたし、何回も外へ見に出たのよ」

こんな話をしているうちに、西港の青々とした海が左手にぐっと広がり、老鉄山もかなり近くなった。今日などあそこへ入ったものなど誰もいないだろう。Kがそんなことを思っていると、母が駆者に声をかけ、馬車はゆっくり止まった。

「さ、降りるぞK」

「えっ？　どうして？」

「もう着いたからさ。さ、行くぞ」

これまでの進行方向の右の方、海沿いのアスファルトの道路からそれてなだらかな山道を二百メートル程上った所に、二階建の見るからに新築とわかる大きな木造のお邸が、瓦屋根に西日を受けてキラキラ光っていた。

父の指図でKが呼鈴を鳴らすと、若々しいきれいな声がはね返って来た。

「お待ちしてました、さあ、どうぞ」

笑くぼが印象的な旅順高等女学校三年の節子さんに迎えられて玄関に入ったKは、思わず息を吸い込んだ。

「いい匂い……」

「ヒノキの香りだよ、K。床も柱も天井も全部ヒノキで作られた、満州でただ一軒、内地でも珍しいお宅だ」

父や母は工事中にも訪れたことがあり、十二月の落成式にも招かれたそうで、今日は玄関の隣の応接間にまず案内され、そこで西野さんのおだやかなご夫婦と新年の挨拶が始まった。そこで、Kが何となくこの部屋の中を見回しているうち、入口のドアがそっと開いて男の子が手招きしているのに気がついた。二年生の忠男君だ。どうしようかと思って父の顔を見ると、軽くうなずいてくれたのでそっと廊下へ出た。

そこには五年生の欣一君と五才の敦っちゃんも待っていて、すかさず誘われた。

「家の中、歩いてみたくない?」

もちろん賛成したKを囲むようにして、西日を受けてキラキラ光る屋内を、二階から一階へと大小さまざまな部屋を次々と見て回り、続いて地下室には、八畳間程の物置が三部屋とボイラー室の外、庭や家の外回りの仕事を主にする中国人夫婦の部屋があり、どの部屋にもすぐに外に出られるドアがあった。

「どうする？　ちょっと外へ出てみる？」

欣一君がそう聞いた時、節子姉さんの涼しい声が聞こえて来た。

「ご飯ですよう。すぐ来て下さーい」

そこで競争で一階の食堂へ駆け付け、九人揃って椅子に腰掛けてにぎやかに夕食をとった後、大人四人は六畳間の一室でマージャンを始めたから、節子さんも含めた子供五人は八畳の部屋で、ババ抜きや「神経衰弱」などのトランプを楽しんだ。それから男の子四人でお風呂に入り、四人一緒の部屋で明日の予定を話し合ってぐっすり眠った。

その明くる朝、食事をすまして一休みし、男四人が行ったのは、家の西側にある長い斜面に挟まれた窪地だったが、十年か二十年か前に堤を作って流れをせき止めた結果、長い池になった。その池を含め、この土地全体が西野家のものなので、冬は子どもたちのスケート場にしているのだそうで、巾は学校池の半分程だったが、長さはかなりあったので、二時間ばかり鬼ごっこや列車滑り、距離を分けての旗取り競争など、いろいろ工夫して仲良く汗をかくことが出来た。

その間、お父さん同士は将棋の勝負、節子さんはＫの母の指導でピアノや歌のレッスン。昼食後は西野の小母さんの小唄と、Ｋの母の独唱という和と洋の音楽会でゆったりと楽しい一刻を過ごし、美味しいケーキと紅茶をいただいて、Ｋたちは再び馬車に乗り伊知地町へと向かったのだった。

こうして、夢のような一昼夜を終えて帰ったわが家には、韓文蘭の柔らかな明るい笑顔と、千切れそうに尻尾を振って寄って来るフリッツと、内地の匂いに包まれた各地からの年賀状の束が、Ｋたち三人を温かく迎えてくれて正月三が日は終わった。

この後数日、ほとんどスケート漬かりでKの旅順における初めての正月休みは終わり、三学期の始業式でKは思ってもいなかった四年一組の級長に任命された。

それで、家に帰って母にそう告げてもあっさり言う。

「そう。でも茨城で何度もやったんでしょ」

「いえ。今度が初めてなんです」

「まさか。うそは泥棒の始まりよ」

「うそなんかついてません」

と、泣きそうになって言ってもなかなか信じてもらえず、父も同じだったが、出た結論はこうだった。

「何度目だろうとも今回は二学期の成績で決まったのだから、クラスの号令係のようなものだとわり切って三月まで勤めればいい」

それはKにも納得が行き、翌日、授業時間毎にその役割をきちんと果たし、さあ帰ろうとしたら自治会室へ来いという連絡が来た。この学校にはいつ頃からか分からないが三年生以上の級長で構成される自治会という組織があり、その部屋の所在は二学期初めに教えられていた。

何の用だろうと思いながらそこへ寄ったKは、その中にいた上級生らしい人から、

「はい、三学期のノートです」

と、一冊のノートを渡された。その表紙には「忘れ物調べ」と書いてあり、それを見たとたんにKは、(ああ、あれか)と了解した。

毎朝始業のチャイムが鳴ってクラス全員が座席に着いたら、先生が来る前に級長がその日の時間割に沿って忘れ物の有無について確かめて、このノートにその結果を記入していたのだ。二学期にもその調査は毎朝行われており、調べられる側だったKは少しも意識していなかったが、これも級長の役目の一つだった。父はこの年は二年生の担任だったため、うっかりしてKにこの事を言い忘れたらしい。

しかし、やり出してみればこれは重要な役目だった。

皆の前に立った級長が言う。

「一時間目の読み方は漢字の宿題がありました。隣同士で帳面を見て確かめ合って下さい」

三学期にもなると忘れる常連の子は限られるが、そういう子への対応の方法を級長は考える必要がある。そんな常連ではなく特別な事情があってか、うっかりしてか、珍しくやって来なかった子に、隣の子がひそひそ声で、

「今のうち一字でも二字でも書いちゃえよ」

など言っているのが分かっても、Kはそれをとがめないことにした。

こんな風に二時間目、三時間目と確かめていくと、例えば算術で必要な定規とか、図画に使うクレヨンや色鉛筆などを忘れて来た子がいれば、ノートには数字として記入はするものの自分の心にはその名を憶えておいて、授業中には誰かに貸してもらっているか気を付ける。

こうして手早く確かめ終えたところへ担任の先生が登場し、「起立ッ。礼ッ。着席」となるのだが、一週間過ぎた頃からKは終礼後常連の子に対し一言軽く声をかけたり、時には自分と一緒に今のうちにちょっちょっとやっていかないかと誘ってみたりした。Kにしてみれば、あの「忘れ物調べ」に記入する

四年一組の成績をよくしたいからではなく、性分としてそうせずにはいられなかったのだった。

　このようにスタートした四年生の第三学期、最も大きな学校行事は、一月末か二月初めにあった学芸会だった。そのプログラムも写真も、記録は何も残っていないが、当日Kが強く感じた演目の傾向として、一つは学校で習った唱歌よりも軍歌や童謡を歌うクラスが多かったことと、女の子がきれいな衣裳を着てお化粧をし、レコードの曲に合わせてしなやかに踊る日本舞踊を演じた学級が三クラスも四クラスだったことだった。

　とりわけKがびっくりしたのは、二年か三年の男の子が一人、羽織袴姿で座布団を敷いて正座し、斜め後ろに座ったおばあさんがひく三味線の低い音色に合わせて、片手に握った扇子で拍子をとりながら、目を白黒させてうなるようにして何やら語り歌う、「義太夫」というものをやったクラスだった。後で父に聞いたことによれば、その子は菊丸とか蝉丸とかの太夫名で、大人の芸達者ばかりが出る市の芸能大会にも何回も出場している、有名な子なのだそうだった。

　その一方では先生にピアノの伴奏をしてもらってバイオリンを演奏した五年生もいた。Kにとって、あの義太夫語りは、何とか太夫の顔の変化が面白い程度でしかなかったが、バイオリンの演奏では、その澄んだ音色と曲の流れに引き込まれてすっかりうっとりさせられた一刻だった。また六年生では、上海辺りでの戦闘中の出来事を描いた劇を演じたクラスもあり、十二月から取り組んで来たそうで、しっかり武装した将兵の姿が本物のように見えた上手な劇だった。

　そんな中で、Kのクラス四年一組の演目は、これまた一風変わった「徒手体操」だった。

学級が始まって四、五日、自治会書記からプログラム作製の必要上、各学級の演題を担任の先生に確かめてほしいという連絡が来たので、早速先生に尋ねたところ、即座に答えがはね返って来た。

「体操ばやる」

「えっ？……」

「代表五名が舞台の上で体操ばやって見せるんじゃ」

それでその通りを報告すると、すぐに一言。

「馬場先生ならやりそうよね」

その翌日先生に指名された補欠を含む八名が月、水、金の放課後特別な練習をすることになり、級長も号令係として練習に立ち会うよう言いつけられた。つまり、Kの役目は舞台の端に立って、選手五名の動きに合わせ、

「ピッ、ピッ、ピーッピッ。ピーッピッピッ、ピーッピッ……」

などと威勢よく呼子笛を吹くことだったが、実際に選手がどんな体操をしたか、今は全く覚えていない。

それに比べて今もはっきり覚えているのは体操の授業のスケートだ。二月上旬までという期限が限られていたせいもあったのだろう、皆が学校池の氷の上で思い思いの技を磨き合う中、Kはコーナーを曲がる時に前かがみになって滑りながら、右足の靴を氷面から上げて左足と交差させ、次に左足を右足の前に進め、もう一度、もう一度とやって曲がり切る技の練習だった。毎時間およそ南場君に見てもらってコーチしてもらい、自分で更に練習を積み、滑り納めの二、三日前、南場君が見守る前で、足の交差を四回続けることでコーナーを滑り切ることが出来、南場君から、

「すごいなぁ、K君は。この冬が滑り始めだなんて、やっぱり信じられないよ」

と言われて思わずはね上がり、スッテンコロリンと盛大に尻餅をついてしまったが、尻も腰も痛くもかゆくもなかった。ポイントは膝の曲げ具合だった。

Kたちの学校池でのスケートはこれでシーズンオフとなったのだが、まるでそれを待っていたかのように、二月二十日頃の終礼の時、先生の口から突然こんな言葉が飛び出した。

「実は、先生は、明日から旅順高等女学校に体操教師として転勤することになった。学期の途中で君達と別れるのはまことに残念だけれど、文部省の命令にそむくことは不可能だ。家へ帰ったら、お父さん、お母さんに宜しく言ってくれ。それでは皆、元気でな」

「……起立、礼……。先生、さようなら」

皆口々にそう言って先生の退出を見送ったのだった。

この日、夕食の時の父の話によると、馬場先生は去年から講師として週に一回旅順高女へ体操を教えに行っていた上、去年の夏休みとこの冬休みに東京でスウェーデン式の新しい体操の講習を受けて、中等学校の体育教員の免許が降りた。それで旅順高女が待ってましたとばかり文部省に発令を申し入れた、その結果なのだということだった。

その翌日、先生の辞任式の後、Kたちの教室へやって来た教頭先生の口から、四年二組は十三名程三班に分けられ、他の学級に組み入れられることになった。そのため、二時間目には全員一斉に机と椅子を持っての引越が行われた。さいわいなことにどの教室も六十人は入れる広さに出来ていたから、ぎゅうぎゅう詰めにはならなかったし、一組などでは三時間から授業を受けることが出来た。しかし女子だけの三組と四組では男子の座席をどう配置するかで大いにもめ、四時間目まで廊下に待たされた組もあったりした。

だから、この日の昼休みには、居候組――という呼び名が早くも生まれていた――の多くの者が三々五々、空っぽの元の教室に集まって話に花を咲かせていた。Kの場合、口には出さなかったものの最も強く感じていたのは、授業毎の号令からの解放だった。この三時間目、四時間目などうっかり号令をかけそうになり、慌てて手で口を押さえたりした程だったから、学校からの帰り道には何となくほっとした感じになっていた。

ところが翌日朝礼が始まる前、一組の級長がKたち皆の前に立って、

「では、これから忘れ物検査をします」

と言ったとたん、ハッとすると同時にKは近くにいる元同級生に小声で訊いてみた。

「ぼくら、どうしようか」

「だって、これは一組の……、ああそうか…」

と顔を見合わせているうちに検査はすんでしまった。その日の午前中それがずっと気になっていたので、その昼休みの元の教室に来た何人かに尋ねてみると、三組四組では、

「一組から来た男の人は手を上げないで下さい。これはわたしだけの調査ですから」

と言われたという。それを聞いたKもたしかにそうだと思い、一組にいる居候組の面々にもそのように言って、これですんだと思った。

だが、その日授業が終わって帰ろうとしてランドセルに入っている「忘れ物調べ」のノートを見て気がついた。

（今度の自治会の席でどう報告したらいいのだろう）

その帰り道にKが考えた結論は、父に相談することだった。それで、いつになく早目に戻ってきた父に話しかけようとしたその寸前、申し合わせたように帰って来た母がいきなり父に話しかけた。

「どうでした？　あなたの方は……」

そして二人共緊張した様子で声をひそめて話しだしたので、Kは引き下がらざるを得ず、二人の相談は食後も続いた。それでKは諦めて床についたのだが、その夜、自分が自治会の集会で役員や上級生から烈しく問い詰められて立往生する夢を二度も三度も見て、寝苦しいことこの上なしだった。

その翌日は土曜日で、三時間目ににわかにクシャミが続けて出たKは体がゾクゾクして来て、四時間目には鼻水が出、帰る頃にはセキも出始めた。そのため重い足を引きずって家に着いた時は全身がだるく、ランドセルをおろして玄関でボーッとしていると文蘭が帰って来た。

「あーら、坊ちゃん、どうしたんですか？」

それでようやく部屋に入り、文蘭の指示で体温を計っている間に文蘭が床をとってくれ、三十八度を越えているのを確かめた上で、上着だけ脱いで横になったKは、あっという間に寝てしまった。

やがてKが気が付いた時には知らぬ間に寝巻に着換えており、白衣を着たお医者さんが聴診器を当てた後様子を訊いたのに対し、Kが学校での状態を答えるのを、母が心配そうに聞いていた。それから暫くうつらうつらしている間に薬をもらって来たらしく、オブラートに包んだ薬を何とか飲み込んだKは、またぐっすり眠りこけた。

次に目がさめた時は電灯が付いていて、父のすすめで擂ったリンゴとよく冷やしたおかゆを食べて寝たのだが、夜中にセキで何度も眠りを破られて、すっかり朝寝坊をしてしまった。だから、Kが起きた時には父は四月からの勤めに関する大切な用があるそうで大連へ出かけており、まだ三十八度近い熱があるKは母に看護されて一日静養となった。

それで、この日曜日、十時には毎週母にレッスンを受けに来る一年生の江里口陽子ちゃんと深川君子ちゃんが弾くピアノを聞いて過ごし、その間セキも鼻水も出ず、ひる前の検温で三十六・八度まで下がったので布団から出、卵入りのおかゆを食べた後、母と二人で五目並べをしたり、文蘭を入れてトランプを楽しんだりしたのだが、夕方また三十七度半ばを越えてしまった。その上、セキも少し出たので、おかゆにやわらかいお菜を添えた夕飯を早目にすまして薬を飲んだらすぐ眠くなり、父がいつ帰ったか少しも知らなかった。

その後、夜中のセキも翌朝の三十七度後半の体温も前日の通りだったから、Kは、出勤を遅らせた母に付き添ってもらって旅順病院へ人力車で行き、レントゲンでも診てもらった結果、

「軽い気管支炎ですから今週一ぱい学校は休んだらよいでしょう」

とのことで、注射をされて薬を渡された。

そこで家に戻ると、母は早口に言って出かけて行った。

「それじゃ、寝てなくていいから、おひるは用意しといたのを食べて静かにしてなさい」

こうして、Kにとってまた初めての新しい一週間の幕開けとなった。だからこの日Kがまっ先に考えた毎日の過ごし方は、その日の学校の時間割に合わせて各科目の勉強を進める。ただし修身の時間は昔の有

名な人について書いてある「講談社の絵本」を読む。体操の時間はラジオ体操や腕立伏せなどをする。

では唱歌の時間はと考えた時、きのう陽子ちゃんたちが習っていたピアノの教則本がピアノの上にのせてあるのが目に留まった。青緑の表紙に『バイエル　作品番号一〇一』と印刷してあるその本のページをめくりながら、Ｋは聞き憶えていた楽譜を口ずさんでみた。

「ド、ミ、ド、ミ、ソドドド、レレレレ、あった。八番だ」

そこでピアノの蓋を開け、人さし指だけでキーを叩いてみると、譜面通りの曲になった。

（よーし、これは音楽の時間だけでなく、ちょっと空いた時間にもやってみよう）

午後は読書の外、習字をしたり綴方を書いたりしてみよう。

こうしてＫの療養生活が始まり、水曜まではあっという間に過ぎ、バイエル八番も五本の指をきちんと合わせて弾けるようになった。だが、午後の読書の時間に読む本がない。そのことをふっと文蘭に言うと、すぐ答えが出た。

「今日先生にとてもかわいそうな子のお話を読んでもらいました」

それで水曜の夕方母に本が欲しいと言ってみると、翌日のおひるに帰って来た文蘭が、職員図書というラベルを貼った本三冊を持って来た。

千葉省三『童話集トテ馬車』古今書院
有島武郎『一房の葡萄』叢文閣
小川未明『金の輪』南北社
この一冊目には九編の童話が収められており、山の方の村の男の子らの話ばかりで、しかもその子らの言葉が「山葡萄見に行ぐべや」とか「おら知んね」など茨城弁そっくりのしゃべり方で、ほとんどやんちゃ坊主の元気な話ばかりだったから、木曜日は大いにこれを楽しんだ。

だが、四つの話が入っている二冊目は、西洋人もいる横浜の小学校で同級生のすてきな絵の具をこっそり盗んだ男の子の話、海水浴をしに浜辺へ行って溺れかけている妹を置き去りにした兄の話、どちらも悪い事をした本人が自分のした事についてくどくどと話すような文だったので、Kはどうにも我慢出来なくなり、後の二話は止めてしまった。

その代わりに開けてみた三冊目は、長短さまざまな話がどっさり詰めこまれていたから、ちょいちょいと拾い読みしていたところ、ぐっと引きつけられたのは、標題にもなっている「金の輪」という童話だった。

小川未明『金の輪』 大正８年

それは長い間病気だった太郎という子が、久しぶりに家の前に出ていると、見知らぬ少年が金色に光る輪を回しながら走り過ぎて行く。明くる日も同じ頃に太郎が外で立っていると、昨日の少年が何か言いたそうにしながら金の輪を回して走り去る。その晩、その少年と一緒に金の輪を回しながら夕焼雲へ向かって走って行く夢を見た太郎は、翌日にはまた熱が出て、二、三日後に死んでしまうという話だった。

これを読み終えたとたん、Kは、その金の輪を回す少年がこの辺まで来ていて、それをうっかり見てしまったら、自分も二、三日後に死ぬんじゃないだろうか、読むんじゃなかったと思ったが後の祭だ。だから、母が帰ってくるのを待ち構えていて、三冊共明日持って行ってもらうことにした。そして、少し不安な感じで熱をはかってみたら、ちゃんと三十六度台に戻っていて一応ほっとしたのだが、その夕方は窓に近寄らないようにし、出来るだけ家の外は見ないようにした。

その上、その夜何の夢も見なかったし、セキも夜中は出ず、土曜の朝は平熱だった。だから、この一週間のことを作文に書いてみたりし、午後はおやつ前に少し散歩にも出てみた。もともと旅順には輪回しをしている子などいなかったから出会う筈もなかった。

それで日曜日はいつものようにゆっくり過ごし、月曜日には平常通り登校出来た。そして一日過ぎた放課後、友達に誘われて四年一組の空き教室へ行ってみると、そこは下校前に宿題をすまそうとする居候組有志の自習室に変身していた。

こうして、四年生三学期は就業式まで同じように過ぎていったのだった。

第八話 ● 旅順の五年生

昭和十三（一九三八）年四月、Kは旅順第一小学校の五年生になり、家でも学校でも心に残る新鮮な出来事がいくつもあった。

その第一は父の大連への転勤だった。Kが父の口からそれをはっきり告げられたのは三月の終業式の朝だった。

その勤め先は大連で最も大きな中国人の小学校である西崗子（せいこうし）公学堂だった。もともと両親共に大連へ転勤する希望を出していたのだが、父がその公学堂の教頭になることが先に決まったので、母は受入先が決まる迄現在の旅順公学堂に勤めていることにし、とりあえず父は単身赴任をすることになった。

「君も今年から高学年になったわけだし、母さんをしっかり助けて上げてくれよな。頼むぞ、K」

「……はい」

「もちろん僕も毎週よほどの公務がない限り土曜の夕方にはここへ帰り、月曜の朝大連へ行くという形になり、行きっ放しじゃないけど、とにかく頼む」

そして、三月三十一日の木曜日には、辞令交付とその学校での前任者との引き継ぎ等のため土曜までの予定で出かけて行った。こうして母とKと韓文蘭プラスフリッツとの暮らしが始まり、すぐにそれに慣れていった。

一方Kの学校生活では、新しい担任の先生への期待いっぱいで迎えた四月五日の始業式でK達に紹介されたのは、スラッとした若い男の先生だった。

その先生は教室に入るなり黒板に高比良順一としっかりした字で自分の名を書いて読み上げ、親しみを込めた感じで挨拶した。

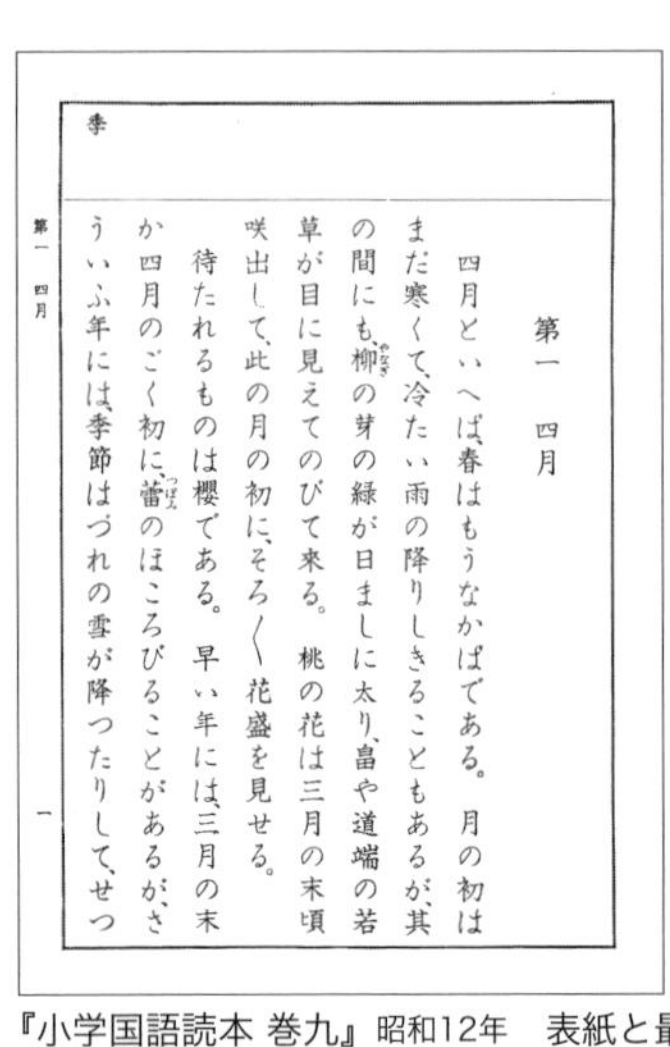

季

第一　四月

四月といへば春はもうなかばである。月の初はまだ寒くて、冷たい雨の降りしきることもあるが、其の間にも、柳の芽の緑が日ましに太り、畠や道端の若草が目に見えてのびて来る。桃の花は三月の末頃咲出して、此の月の初に、そろ〳〵花盛を見せる。

待たれるものは櫻である。早い年には、三月の末か四月のごく初に、蕾のほころびることがあるが、さういふ年には季節はづれの雪が降つたりして、せつ

第一　四月　一

『小学国語読本 巻九』昭和12年　表紙と最初のページ

「自分は長崎生まれの長崎育ちで、二年間佐世保の小学校に勤め、今月初めて旅順へやって来ました。だから、いろんな面で君たちに教えてもらうことが多いと思うけど、一緒に仲良くやっていきましょう」

この明るい感じの先生にKも一度に好感が持て、皆からは早速、「何町に住んでますか」とか、「結婚してますか」など次々と質問が出され、気持のよいスタートになった。そしてKはまた級長に任命され、早くも自治会の第一回役員会にも出席させられたが、前学期の経験があるせいで落ち着いて会の進行についていくことができた。

その翌日の三時間目頃から普通の授業が始まったのだが、高比良先生らしさはすぐに出て来た。とりわけKが嬉しかったのは国語の授業で、例えば新出漢字の教え方だ。『小学国語読本 巻九』の第一課「四月」は桜を中心にしてこの時期の花について述べてあって、当然季節という熟語が出て来る。この季の字が初出だった。Kがこれまでに受けた授業では書き順を何度か見せられ、それをノートに決められた字数だけ書いてくるのが宿題だった。

だが、高比良先生の宿題は、この字を使った熟語を探して来ることで、翌日の授業で皆にそれを発表させる。この字の場合多かったのは四季や夏季休暇だが、難しいのでは春季皇霊祭、秋季皇霊祭も出た。すると先生はこれが皇室の行事であり、だから国の祭日なのだと強調するだけでなく、これが春分、秋分に当たることを科学的に説明された。

また、堤という訓読みの新出漢字の場合は音読みの熟語も家の人に訊いて来るように指示された。その結果、堤防や防波堤の外、防潮堤等も出て来、とりわけ防波と防潮の違いから高潮という現象についての話にも広がってKには面白かった。

中でもKが印象深かったのは第三課「飛行機の発明」を学んだ時だ。この課は十一ページも使って、まず岡山の幸吉やドイツのリリエンタールの苦心に始まり、二宮忠八やアメリカのラングレーの試みを述べた後、七ページに亘ってライト兄弟の挑戦振りをリアルに描いてあった。この課の授業では、先生は文中に示されている人のそれぞれの苦心の様を少しずつ補足され、Kの印象では思いの外あっさり済んでしまった気がした。

ところが、その次の国語の時間、先生はいきなり皆に教科書を閉じるように指示した上で、黒板に、リチャード・リンドバーグと書いてKたちに訊いた。

「このアメリカ人のこと知りませんか」

しかし、誰も答える者はいない。

「この人は世界で初めて大西洋横断飛行に成功した人なのです。君たちのお父さんの中にはこの名を知っている人がきっといらっしゃる筈ですが、重要なのはその飛行がいつ行われたかなのです」

そう言われて、この名前を急いでノートに書き付けた者がKを含めて何人もいた。

「ところで、教科書にはライト兄弟が初めて空を飛んだのは何年の事だと書いてあった？」

「明治三十六年」

「その翌年、明治三十七年に何があったか、君たちは当然知ってるよね」

先生がそう言っている間に、「日露戦争！」と答える声がいくつも聞こえた。

「では、リンドバーグが大西洋を飛び越えたのは、ライト兄弟の初飛行の何年後だろう」

先生のこの質問に対して、「三十年後」「五十年後」などという呟きが聞こえたが、Kには見当もつかない。

「リンドバーグがアメリカの東海岸にある、ニューヨークの飛行場からフランスのパリ空港まで一気に飛んだのは、ライト兄弟の初飛行から二十四年後、一九二七年五月でした」

そう言われてもKは何も思い浮かばず、皆も何の反応もなかった。当時のわが国では明治・大正・昭和という日本だけで通用する年号が日常的に年次を示していたから、この数字を言われてもピンと来る者が誰もいなくても当然だったし、先生もそれはお見通しだった。

「一九二七年、つまり昭和二年五月でした」

先生がこう付け加えたとたん、

「ええっ！」

「ほんとか。へぇー」

などと驚きの声が上がったと同時に質問も飛んだ。

「昭和二年五月の何日ですか」

「ニューヨークを五月二十日に出発して三十三時間程飛び、パリに着いたのは五月二十一日の午後五時過ぎでした」

「あーっ、おれの誕生日と二日違いだった」

「おれ、まだ生まれてなかった」

Kはその四か月後に生まれたわけで、先生のこの一言で五年二組は大賑わいになった。この後、リンドバーグの名を見聞きする度にKはこの日の一部始終を思い出したものだが、恐らく高比良先生自身もこの五年生の子らとこんな関連があるとは思いもせず、リンドバーグのことをざっと紹介しようと思っただけだったのだろう。このざわめきが少し治まるのを待って、先生は自分が小学生の頃周りの大人たちが、彼の名句「翼よあれがパリの灯だ」をはじめ、この飛行について、どんなに話題にしていたのかを、実感を込めて話したのだった。

この後、国語の授業でKの心に残ったものでは、一茶の俳句や良寛の短歌の課では次々と他の作品を追加されたのでノートにいろいろ並び、とりわけ俳句作りはクラスで一時大流行になった。

また、懐中時計のねじの一つを主人公にした「小さなねじ」の物語の課では、夏目漱石の「わが輩はねこである」が紹介されて、全員に自分が人間以外の何かになったお話を書いて来る宿題が出た。それで、Kは自分がバリカンになって父がKの頭を刈るお話を書き、先生に認められてクラス全員の前で読み上げさせられたりしたこともあった。

こんな授業は先生が最も得意な算術をはじめとして、地理や歴史などでもいろいろ続いていった。

やがて五月に入りKたちは五年生としての毎日にすっかりなれた。木々の新芽も四月初めにはまだちぢこまり勝ちだったのに、五月半ばになると競い合うように緑に染まり、白玉山の緑色が日に日に濃くなってきた。

そんなある日の朝礼で先生が緊張した感じで言い出した。

「間もなく五月二十七日が来るが、何の日か君たちは当然知ってるよね」

そう言い終わらないうちに返事がいくつもはね返って来た。

「海軍記念日でーす」

「連合艦隊がロシアのバルチック艦隊をやっつけた日です」

それに肯いて先生は続けた。

「その通りだね。ところで、君たちの中にはボーイスカウトに入ってる人がいるよね」

この問い掛けにも十人程が元気な声と共に手を上げた。

「実は、そのボーイスカウトの海軍式とも言える大日本海洋少年団の結団式が四月に東京で行われて、旅順でもそれを作ることになったんです」

先生の説明にはなかったが、この団体は大正八（一九一九）年東京で作られた海国少年団が先駆けで、その五年後に長崎県佐世保で結成された海洋少年団を皮切りにして、それ以来全国各地で次々と作られた結果、この昭和十三（一九三八）年四月三日正式に全国組織として発足したのだった。

説明書らしい紙を片手に先生は続けた。

「団員は十一歳から十八歳までの少年で構成するのだけど、今回は小学五年と六年生だけで始めるのだそうです。海に親しみ、海から学び、海で鍛えるという趣旨で、具体的には土曜午後約二時間、手旗信号やロープの結び方、カッターの漕き方などを順次訓練するそうで、海軍の旅順要港部の全面的協力の下、海軍の軍人だった人達が指導に当たり、要港部の敷地内で訓練は行われるのだそうです。そこでわれこそはと思う人はぜひ申し出て下さい。以上です」

「今直ぐ申し込むんですか」

「いやいや、当然ご両親の了解が必要ですから、とりあえず家で話をした上で、説明書と申込用紙を欲しいと言われたら君たちに渡します。申込むかどうかはそれから考えて下さい」

「先生、もう一つだけ……あんまり泳げなくても入れますか」

これはKも最も気になる事だった。何しろ去年の夏までは全く泳いだことがなかったし、旅順へ来てからも一度だけ黄金台のプールへ連れて行かれたが、とうとう泳がず仕舞いだったからだ。だが、その問いに対する答は簡単だった。

「泳げる泳げないは入団条件に入っていませんが、訓練項目の最後に書いてありますから、いずれ状況に応じて教えてくれるでしょう」

これでKもほっとすると同時に、申し込もうという気持がぐっと強くなった。

それは母にも伝わったらしく、その日Kの話を聞くなり母は言った。

「面白いじゃないの。手旗信号なんて、水兵さんがやってるところは何回か見たことあるけど、丸きりチンプンカンプンだったもの。お父さんだって絶対賛成に決まってるわ」

海洋少年団の制服で

という反応で、Kの入団はスラスラと決まってしまった。

Kの五年二組ではボーイスカウトに既に入っている者や、家が陸軍に関わりがある者などもいて、結局申込んだ者は十五人程だった。そうして六月初め、制服に身を包んだ五、六年生五十名程の団員によって結団式が行われた筈だが、その具体的な様子をKは全く覚えていない。

ただ、やがて土曜毎に水兵が固める門をしっかり敬礼をして通り、入って受けた訓練については、ある程度覚えているので、資料を参考にして少しだけ述べておこう。

その一番目は紅と白の小さな旗を左右の手に持って振ることで信号を送ったり読んだりする通信方法、手旗信号の訓練だった。

日本語独特の仮名文字の語順は、現在はアイウエオで始まる五十音だが、昭和十三年当時はいろは歌の四十七文字が主流だった。この一字一字を両手に持った紅白の旗の振り方によって表わすのだから訓練が必要になる。

最初に教えられたのは次の八字だった。

ク、リ、ノ、ハ、ニ、フ、レ、へ、どの字を示す前にも必ずしなければならない基本姿勢は、両足を少し開いて立ち、右手に紅、左手に白の小旗をそれぞれの足の外側に添えるように下げる。その両手を斜め上四十五度にパッと上げたら、「ハ」になる。

その両手を下に下ろして基本姿勢に戻り、次に左手の白旗は前と同じく斜め上四十五度、右手の紅旗は斜め下四十五度で留めたら、「ノ」。

その次、その「ノ」の字の左右を逆にして白を斜め下、紅を斜め上に上げたら、「ヘ」。

右手は右へ水平に伸ばし、左手は頭の上でひじを曲げて右手と平行するように出すと、「ニ」。

右手は真上に上げ、左手を左の方へ水平にまっすぐ伸ばしたら、「レ」。

次は少しややこしくなり、右手は右へ水平に伸ばすだけだが左手は体の前を交差して斜め下四十五度を差すようにすれば、「フ」。

更に大きな動きになって、両手を揃えて体の左上四十五度に紅旗を白旗にかぶせるよう上げた後、その二本の旗を体の前をさっと斜め下に払って、今度は紅の前に白が来るようにして四十五度下を指すようにしたら、「ク」。

次に、両腕の内側がそれぞれ耳にくっつくようにして二本揃って顔をはさんでつき立てれば、「リ」になる。

以上の八字を一つずつ覚えたら、それらを組み合わせて、「ハク」「クレ」「ヘリ」「ニク」等、いろいろ組み合わせて信号を送り合い、読み合う。そして、ここまでがうまくやれるようになるのが第一段階で、続いて二動作で一字を表わす「イ、ロ、ト、チ、ヌ、ル、ワ、カ、ヨ」等を個々に覚え、第一段階の字と組み合わせたりして巾を拡げ、慣れていく。

そうしてどの程度まで習ったか、実際に団員同士でやりとりしたか、どちらもこれまた記憶にないが、土曜の午後が本当に楽しみだったことは忘れられない。

そのKにとって、これは海洋少年団で習ったんだと断言できる生活の知恵がある。それは二番目に訓練科目になったロープの結び方だった。当時のKたちにとっては、日常履いている編上靴やあのスケート靴など、紐を結ぶことは無意識の行為だったから、指導員が、

「本日より結索法の訓練に入る。結索法とは、結ぶ時はきわめて簡単だが、使用中は決してほどけたりゆるんだりせず、しかも使い終えてロープを解く時は最も早く出来る結び方であるから、心して学ぶように」

と言っても、文字通り五里霧中だった。恐らく皆ボウッとした顔をしていたのだろう。

「では、早速その練習場へ移動する」

そう言って指導員がKたちを連れて行ったのは、大きな倉庫の片隅だった。

「港に入って来た艦船が岸壁に達した時、予め舳先で用意していた甲板員は、地上で待機していた係員の足元にロープを投げる。それを拾った係員は直ちに地上の係留杭にロープの先端を巻き付ける。その係員の役をこれよりやってもらおう。」

言い終えたその人は少し離れた所にある教壇のような台の上に乗って、左手に巻いたロープを持ち、右手でそのロープの端を持ってポーンと放り投げた。そのすぐ先の地上には丸い杭が打ち込んである。そこで指名された団員の一人が、そのロープの先をつかんで頭をひねりながらその杭に縛り付けた。

「しっかり縛ったかい？」

「……はい」

「じゃ、引っ張るぞ。ヨイショ！……うん、うまくくくり付けたな。ところがだ。舟は海に浮かんでい

るから波で上ったり下がったりを繰り返す」

そう言いながらロープを上げたり下げたりすると同時に引いたりゆるめたりしていると、五分もしないうちにロープはスルッと解けてしまった。

「普通の縛り方では必ずこうなってしまう。そこで、こんな時、海の男が必ずやるのがこの結び方だ」とやって見せたのが「もやい結び」で、何本もある杭を使ってKたちはこの日しっかり覚え込んだ。今でも何かをこの結び方でゆわえ付ける度にKはこの日を思い浮べる。波が静かで白いカモメが鮮やかに湾の上を飛び回る初夏の午さがりだった。

この後、Kたちが習った結び方は、二本のロープを普通に結び合わせる「ほん結び」、太いロープと細いロープをしっかりつなぐ「ハタ結び」、ロープの先に作った輪を投げて杭に引っかける、その輪作りの「引っかけ結び」等々、軽く十種類を越えていた。

これを習い終えてカッター訓練に取り掛ったところで一学期が終わった。その夏休みの間もカッターの訓練は続いた筈だが、Kが具体的に覚えていることは全くない。Kの苦手な水泳の練習もあった筈だが、これも覚えがない。かろうじて印象にあるのは、何かのはずみでKの手を見た父が、両手に出来ていたマメに驚きの声を上げたことと、九月上旬には艇長の吹き鳴らすホイッスルに合わせて、旅順西港をカッターで気持よく漕ぎ回ったことだった。

やがて秋の空が底抜けに青く広がり、トンボがしきりに飛び回る十月十五日、土曜日の午後のことだった。制服に身を包んでいつものように所定の場所に整列したKたちを前に、少し緊張した感じで指導員が言った。

「本日も引き続きカッターの訓練を行うが、これから呼ぶ団員は本部へ出頭し、上官の指示に導うように」

そして指名された十名の中に五年二組からはKと堀江君が入っていた。七月初めに広島県の呉から転校して来た堀江君は、お父さんが海軍士官であるため転校はこれで五回目だそうで、ハキハキとものを言う明るい少年だった。

それにしてもこの十人で何をさせられるんだろう、何となく落ち着かないKたちを待っていたのは思いがけない朗報だった。

「只今より君たちは特例としてわが駆逐艦第27号への乗艦を許可する。さあ、勇んで乗り込み給え」

金色の徽章（きしょう）が光る立派な帽子をかぶり、濃い紺色の詰襟の服をきっちり着た海軍士官さんは、ついて来るように手で合図をすると大股で歩き出した。目の前にあるのは艦首から艦尾まで百メートルもありそうな、堂々とした黒光りする軍艦だ。

とんでもないことになったなと、皆の一番後ろを歩きながら心細くなりかけたKが隣を見ると、ニコッと笑った堀江君が小声で言った。

「あの副長さん、いつもはとても優しいんだよ」

海軍では艦長の次の副艦長を副長と言うのだと、Kもいつだったか聞いた覚えがある。堀江君のこの一言と笑顔に気が楽になったKは、皆の最後尾でタラップを登り、皆がするように甲板に足を踏み入れた所で艦尾に見える軍艦旗に向かって姿勢を正し、きっちりと敬礼をした。

そして、皆が集まっている艦首近くへ行くと、さっきの副長さんがぐっと砕けた調子で話し出した。

「では改めて、本艦へようこそ。自分が本日の案内役だから、訊きたい事があったら遠慮せずに質問して下さい」

こう言ったとたんに堀江君が「ハーイ」と手を上げて訊いた。

「軍事機密も全部教えてくれるんですか」

「ハッハッハ、これは一本やられましたな。そういう場合はもちろんこちらからそのようにお断りしますからご承知下さい。なお、本艦はこれより港を出てほんの暫くだけれども君たちに航海を体験してもらいます。ほら、出港に向けての号令などが聞こえるでしょう?」

たしかにピッ、ピッとなる鋭い笛の音と共に、きびきびした短い声があちこちから聞こえた。Kはふっと去年の夏神戸を出港した時を思い出し、あの時は賑やかだったが、軍艦でも汽笛ぐらい鳴らすのだろうかなどと思いながら、自分が舷側に立っているのを幸い、下の方をのぞいてみてびっくりした。もう三、四メートルも岸壁から離れており、見る見るその間が開いていく。それを堀江君に言おうとした時、副長さんの声がした。

「実は、君たちの本日の乗艦体験は大連放送局の開局記念放送の一つなので、ここでアナウンサーの人を紹介します」

言われてみればKたちが来る前にこの場所に二、三人、場違いな私服を着た男の人が立っていたっけと思う間に、高比良先生にそっくりな感じの背広を着たアナウンサーが前に出て自分の名を言ってすぐ続けた。

「あ、丁度時間になりましたので、放送本番に入ります」

今ならば録音をとった上で後で編集するという手があるが、当時は完全な生(なま)放送だった。早速そのアナウンサーは用意してあったマイクロフォンに顔をくっ付けて、自分が今どこにいるかなどを告げた上で副長さんと二言、三言やりとりし、少年団の六年生のリーダーのインタビューを始めたから、Kたちはすっかりそっちに引き付けられていた。

その間も艦はなめらかに移動をした様子で、副長さんの少し大きめの声がしてハッとした。

「間もなく艦は日露戦争の際の旅順港閉塞(へいそく)隊記念碑にさしかかりますので、ここで黙祷を捧げます」

そこは進行中の艦の右手、老虎尾半島の先端を通り過ぎたばかりの所で、前方には青々とした海原が広がっていた。

「では、黙祷始め。……直れ」

この間、Kは知らず知らず頭の中で

〽杉野は何処(いずこ)、杉野は居ずや……

の広瀬中佐の歌を思い浮かべていた。

その間も艦は当然進み続け、副長さんからはこの艦に備え付けてある魚雷が世界最新鋭のものであるという説明があり、団員からいろいろ質問が出た揚げ句、空砲での発射実験を見せてもらった。

その時、発射音が鳴りひびいたとたん、その腹にズズーン！と来る重い音に興奮したのか、堀江君が水面を指さして叫んだ。

「ウワー、早い早い。K君、見えるだろ？」

それにKも乗った。

「よーし、行け、行け！」

「ドカーン！　命中だァ」

「バンザーイ」

叫び終えてKは自分でも少し調子に乗り過ぎだったかと思ったが、六年生の一人から「君ら何を見つけて海に向かってはしゃいでたんだ？」と言われた程だったから、皆には聞き取れなかったらしい。

これを機会にぐるっと円を描いて艦は帰路に就き、アナウンサーから今日の感想を訊かれた堀江君は「大きくなったら絶対に海軍に入ろうと思っていた決心がぐっと強くなりました」とハッキリ答えていた。

この後、艦から下りたところで副長さんが記念写真をとってくれ、それでこの日は目出度くご帰還となった。

たしかにこれはよい記念になっただけでなく、貴重な資料となった。というのは、この時Kたちが乗ったこの艦の艦名を調べるのに決定的な証拠となったからである。

その手掛かりはこの写真の中に写っている27という数字で、これさえあればわが国の軍艦の写真集をみればすぐに分かると考えたのだ。

まず大前提として旅順港に常駐していたのが駆逐艦だったと確かめ、昭和十三（一九三八）年現役で最新鋭の魚雷を備えていたのは、大正十四（一九二五）年末から昭和二（一九二七）年にかけて製造された一等駆逐艦「睦月」型の十二隻であることは『海軍史事典』に出ていた。この十二隻は「弥生」号以外は「三日月」「望月」「夕月」を含めすべて「月」が付いていたがそれに番号は付いていないし、「睦月」型の写真が出ている本も何冊か当たってみて、艦首側に22と書かれたものはよくあったが、27の艦は全くない。

そこで、「睦月」型各艦の写真毎に付いている添え書を見ていくうちに、「皐月（さつき）」号について「大正十四

駆逐艦の前で記念撮影

駆逐艦「皐月」

全長　102.72m　　全幅　9.16m
速力　37.25ノット（時速13.43m）
主要兵器　12センチ砲４門、7.7ミリ機関銃２門
61センチ口径魚雷12本、同発射管６門
機雷投射器２門、爆雷18個、機雷16個

年十一月十五日、第27号駆逐艦として竣工、昭和三年八月一日皐月と命名された」とあり、更に「第22駆逐隊に属した」ともあった。つまり22は隊の名であり、その上昭和十年に一部分改装されたそうで、改装後の「皐月」の写真もあった。

その性能等は下記の通りであった。

これらの兵器を装備した複数の駆逐艦や水雷艇で部隊を作って、味方の戦艦や巡洋艦、航空母艦、船団等を守って、敵の艦隊等と戦う経験を、あのKたちが乗った皐月号もあれからさせられたのだろう。

なお、ここに掲載した写真をよくみると、右の方の艦首の背景にある山は白玉山に似ているし、左の山は老虎尾半島の先端のように思われる。そうなるとこれは旅順西港から湾外へ出ようと半島をぐるっと回っているところを写したとも考えられよう。

なお、同艦は昭和十九（一九四四）年九月二十一日、フィリピンのマニラ湾でアメリカ軍の飛行機の攻撃を受けて沈没したという。

この日、一週間振りに家に帰って来た父を見るなりKがこの報告をしたのは当然で、父もいろいろ問い返したりして大いに話がはずんだ。その二人の様子は、

「まあ、あんたたち、まるで一年も会わなかったみたいじゃない」

と母が呆れる程だった。

それは、この夏頃からKと父との間に本というものを媒介して新たな意思疎通の場が出来たからだった。といっても主導権をとったのはKの方で、もともと能登の小さな米屋の次男に生まれ、体を動かすこ

とが好きだった父は、毎日届けられる新聞にしても、当時進行中だった第一面の戦争の記事にさっと目を走らせる程度で、父が読書している姿などKは見たことがなかった。

それで、毎月とっている「講談社の絵本」ではなく、もっと読み応えがある本を読みたくなったKは、五月初めのある日、ためらいながらも思い切って父に申し出てみた。すると、それがあっさり認められた。

「そりゃそうだ。もう高学年だもんな」

そこで善は急げとばかり二人で本屋に行って、ズラッと並んでいる児童書の棚の前に立ち、どれにするか選び始めたのだが、なかなか簡単に決まらない。そのうち父が取り出して、

「これなんかどうだ？　K」

と言ったのは、佐々木邦『トム君、サム君』だった。その表紙には五、六年生らしい男の子と西洋人らしい男の子二人ずつ仲良く話し合っている絵が描いてあり、ペラペラと中をめくってみたら会話が面白そうだったので、あっさりそれに決めた。

「しかし、これまで通り明日の予習とその日の宿題はきちんとやるんだよ、K。だから本を読むのは一日一時間以内にすること。これを守れるか？」

「うん、守ります。紙に書いて貼っときます」

その約束通りに十日程たって、かなり読むペースも上ったところで、Kは前以て本屋へ行って、次に買ってもらいたい本を二、三冊選んでおくことにした。

その結果決まった六月の本は南洋一郎『緑の無人島』。これも講談社の本で、オーストラリア西海岸のブルームに住んでいる日本人一家がシンガポール経由で日本へ向かう船旅の途中、セレベス島（現・イン

ドネシア領スラウェシ）の南で嵐に襲われて無人島に流れ着く物語だった。これがどの辺りなのかKが父に訊いたことから、地名を手がかりに地図で位置を確かめる探し方を教えてもらい、それもその後物語を読む時にKがよく試みる楽しみの一つになった。

七月に読んだ同じ作者の『猛獣征服　吼える密林』、八月から九月にかけて読んだ佐藤紅緑『少年連盟』なども、世界地図が役立った。又十月から十一月の高垣眸『怪傑黒頭巾』は、以前茨城にいた時、富三兄の本棚にあった「少年倶楽部」の連載で流し読みをし、それなりに面白かった記憶があった。しかし、今回改めてじっくり読んでみて、文章の細やかさや場面転換の巧みさなどに感心し、繰り返し楽しむことが出来た。

このような読書の習慣も旅順での五年生の時の忘れられない収穫だった。だが、十月に入ってこのペースが少し遅くなったのはちょっとした訳があった。その頃から土、日以外の夜に母に連れられて外出する日が少しずつ増えてきたからで、その行先は映画館だった。

まず母が夢中になったのは、九月下旬に封切された上原謙、田中絹代主演の松竹映画「愛染かつら」だった。この前編を二度も三度も観に行った上、続編へとつながって、行く度に母が涙をボロボロこぼす隣で、Kはうつらうつらしていたが、〽花も嵐も踏み越えて　行くが男の生きる道……で始まる主題歌はKもいつの間にか覚えていた。

その繰り返し見た「愛染かつら」の代わりに一回か二回観に行った片山明彦少年が主役の日活映画「路傍の石」は主役が子どもでもあり、その子の苦難の物語だったから、Kも胸を締めつけられる思いで観た覚えがある。山本有三の原作を読んだのはもちろん戦後だった。

この二本の映画の思い出でＫの旅順での記憶は幕が下りる。それはこの十二月末付で母の退職願が受理され、母もＫも韓文蘭も一緒に旅順を離れ、父が待っている大連へ引越したからである。

第九話 ● 旅順のワントゥンムー

以上、第八話でKの旅順暮らしは終わったから、以後は大連での思い出話になる筈だった。だが、Kが行く前、それも、日露戦争よりもまだ前の旅順について見落とせない事実があったので、何とかお付き合いを願いたい。

その事実への入口は一九九〇年八月の私の大連行きに潜んでいた。既に還暦を越えていた私が、金沢に生まれ育った妻と共にこの夏大連を訪れたのは、亡父がかつて大連西崗子公学堂に勤めていた時の中国人同僚の夏尊英さんと連絡がとれたので、大連近郊のそのお宅を訪問するのが主な目的だった。

実は、私たちが戦後初めて大連を訪れたのはその三年前で、太平洋戦争後、国民党と共産党間の内戦や文化大革命等、混乱を極めた中国の政治経済状況もようやく落ちつき、わが国からの一般民間人の渡航が許されて間もない頃だった。だから、その初めての訪問の時猛烈な建築ラッシュ中だった大連が、この三年間でどう変わったかを見るのも私たちにとって楽しみの一つだった。

さて八月八日午後、大連周水子空港に着いた私たちは、八十代半ばの見るからに実直そうな夏さんとその長男さんの出迎えを受け、夏さんの日本語による初対面の挨拶の後、日程の打ち合わせをした上でその日は別れ、旅行社の女性ガイドの案内で大連市内に向かった。

周水子から大連市内までの道路は、バスやトラックだけでなく馬車や荷車まで行き交う混み様で、舗装も不十分で文字通りのノロノロ運転だったから、予約してあった大連ホリデイインに着いたのは丁度夕日が沈む頃だった。

そして思いも寄らぬ出来事があったのは、その明くる朝のことだった。

いつもの習慣で早朝目がさめた私は、外が明るくなっているのを見てじっとして居られなくなり、フロントの男に少し散歩してくると告げてホテルを出た。時差一時間の現地午前五時、日の出にはまだ少し間がありそうだが、空は快晴。金沢などと違うピリッとした冷気にブルッと身ぶるいしたとたん、駅前の広い駐車場に密集している人また人の多さに目を奪われた。

かつて五十五年前に建てられて東洋一の広さと豪華さを誇った白亜の大連駅は、今も引き続き大陸への玄関口として利用されている。私たちの泊まったホテルはそのすぐそばにあったから、昨日夕食前に取りあえず見ておこうという話になり、私たちは、バスや自動車が十台でも楽に横付けにできる上階の乗客専用口と、その下の降客用口の双方の様子を一応見て歩いていた。

その時も降客用の駐車場をぞろぞろと歩く人はかなりいたのだが、この朝のざわめきと人の多さは全く比べものにならない程だ。とりわけけたたましいのは客寄せらしい男たちの叫び声だ。

互いに張り合っているようなその声々に吸い寄せられる形でその人ごみに近づいてみると、そこに集まっていたのは、二、三十人乗りの乗合自動車、そういう古びた呼び方がぴったりのくたびれた車の群れだった。もちろん私の目からすれば古びて見えていても、ここでは立派に働いている現役の乗物たちだった。

当然それらの自動車には正面や側面に行き先が標示されていたが、ガソリンや辺りに群がる人々が発するニンニクなどの強烈な匂いに閉口しながらその標示を見て回った私は、旅客が次々と乗り込んでいくのがほとんどで旅順行であることに気がついた。

しかも、それぞれの車の脇で男たちが口々に叫び立てていたのが、「ワントゥンムー」という言葉だった。どうやら旅順のどこかにある、評判の観光名所らしいが私は全く聞いた覚えがなく、どんな漢字なの

旅順口旅遊図　「大連交通旅遊図」哈爾浜地図出版社／2007年

かも見当がつかない。と言って誰かに訊く勇気もなく、人にぶつかったりぶつかられたりうろうろしている間に、満員になった車はけたたましく警笛を鳴らしながら次々と発車して行く。そしてその空いた場所へ新たな車がやって来て、

「リュウシュン、ワントゥンムー、ワントゥンムーー」

と、甲高い呼び声が鳴りひびく。

やがてその人込みをぬけ出してホテルへ戻った私は、ルームキイを受け取った時に目に留まった中国語の案内図「大連交通旅遊図」を手に取り、大連地図の裏側にある「旅順口旅遊図」を開けてみた。

「あっ、あった」

白玉山の東側、山裾を大きく巻くようにして中心街から三里橋へと伸びる旧乃木町一丁目の途中に、道路に接するようにして墓碑の図が描かれ、赤い活字を使って、「万忠墓」と特記されていた。あの叫び声ぴったりの文字だが、地図にはその説明

は出ていない。

とっさに私はこの日の午後大連での子どもの本の普及状況を聞く予定にしていた、大連師範学校の滕毓旭先生に聞いてみようと思いついた。それから半日は私がかつて住んでいた旧菫町（すみれちょう）の家や、その近くにある子ども向け公共施設などをガイドに案内してもらったら、あっという間だった。

そして、午後、ホテルへ迎えた滕さんとの、ガイドの通訳を介してのやりとりは、およそこんな調子だった。

「今朝、そこの駅前で旅順行の乗合バスの運転手たちが、客を集めるのにワントゥンムーと叫んでいたのですが、あれは何の墓ですか」

「ああ、万忠墓ですね。あれは一八九四、九五年にあった甲午戦没の旅順の戦いで死んだ人たちを祀った慰霊碑です」

「その年なら日本で言う日清戦争ですが、そんな百年も前の戦死者の碑がどうして最近建てられたのです？」

「新しい碑は一九四八年に建てられましたが、その戦争が終わった翌年に出来た古い石碑もそこに残っています」

「ええっ。一八九六年に建てられたとしたら、私が旅順に住んでいた一九三八年頃にもその古い碑はあったんですよねぇ」

「はい。今の場所にあったと聞いています」

「知らなかったなあ。そうと知ったらぜひ行ってみたいけど、旅順は外国人は一切立入禁止なんですよね」

「はい……」

「そうだ、その碑について書いた本などどこかにありませんかねえ」

「それなら私も読んだ覚えがありますから、大至急探してみましょう」

「お願いします」

この件についての滕さんとの話はここまでで終わり、後は元々の目的にそった話合いだった。その翌日は夏さん父子が朝早く迎えに来られ、活気に満ちた経済特区を見学した後、私たちは金州郊外の夏さん宅へ案内され、家族総出の心からの歓迎を受けた。とりわけ私は昼食に同席された古老二人から、昭和十年代の貴重な体験談を聞くことができた。

私たちはその翌日は朝のうちに帰国の途につくことになっていたが、滕さんからは何の連絡もない。仕方なく空港へ向けてホテルの前へ出た丁度その時、滕さんが一冊の冊子をヒラヒラさせながら駈けつけて来た。

「ありました。大連中の書店を探し回った末、最後に立ち寄った店でやっと見つけました」

それは、表紙中央に堂々とした碑の写真を配して『旅順万忠墓』の書名を記した、北京の文物出版社一九八六年刊行のホッチキス綴のパンフレットだった。

私は関西国際空港行の帰りの機中で早速それに目を通

旅順万忠墓

『旅順万忠墓』表紙

してみた。その文字は当然なことだが中国政府が一九七〇年頃から制定した簡体字を使っていたから私にはかなり読み難かったが、冒頭三ページにこの碑建立の経過を数葉の写真も用いてざっと述べ、続いて三十ページ近くを使って中国サイドから見た日清戦争の流れ全体を、やはり写真を多く用いてかなり詳しく説明してあった。

その前文三ページの概要はこうだった。

その戦争で旅順へ攻め込んで来た日本軍は、住民一万八千余名を殺害し、その犯罪行為を隠すために後日それらの遺体を集めて火葬にした上、その骨や灰を三つの大きな木棺に納めて白玉山の東麓に埋めて「戦没清国将士之墓」と書いた札を立て、翌年本国へ引揚げて行った。

そこで旅順へ戻って来た清国軍の将領、顧元勲の発議によってその墓地に改めて石碑を建てることが決まり、彼が書いた「萬忠墓」という大きな石碑が建てられた。そしてそれ以後は毎年四月の清明節には、あの戦争以後他所に移り住んでいる殉難者の家族も含め、沢山の人がお参りに来る習わしになった。

ところが、一九〇四年日本とロシアとの戦争が始まり、ロシア軍の基地になっていた旅順は両軍の間の激しい戦いの場となった結果、日本の植民地になってしまった。そのためその石碑は近くにある病院の敷地内に移された。その約十五年後の一九二二年、旅順中華商工会の会長の提案によって市民有志から寄付金が集められ、三棟ある藁ぶきの家屋と共に新たな石碑もその地に建てられた。

その後、新たに赴任した旅順民政署の坂東という署長がその石碑の破壊を命じたことがあったが、市在住の各界の人々の猛烈な反対によって実行はされなかった。

こうして一九四五年八月日本は連合軍に降伏し、旅順は約半世紀振りに中国領に戻ることができた。それで、一九四八年万忠墓は装いも新たに建造され、正門に掲げられた「永矢不忘」の額の下に歴史的遺跡として認められた結果、一九六三年には遼寧省重要文物に指定されたのである。

以上のようなこの冊子のプロローグを機内で読み終えた私は、僅か一年間だったがさまざまな思い出があるあの旅順に、このような前史があり墓碑があったのに、父母から一言も聞かされず、今の今まで自分が全く知らなかったことに、言いようもないショックを受けていた。

それで大阪から金沢へ向かう車中では、自分が当面試みる方策の幾つかを、思い付くままに書き並べてみた。

1．実際にこのような大量殺害の事実があったか、日清戦争での旅順の戦闘記録を確かめる。
2．最近二、三十年の雑誌や図書にこの旅順での市民虐殺に関する記述がないか確かめる。
3．旅順第一小学校での同級生にこの碑の存在を知っていたかどうか訊いてみる。
4．この冊子に掲載されている生き証人王宏照の証言の翻訳を然るべき人に依頼する。

ざっと以上四項目が浮かんだので、勤め先が夏休みであるのを幸い、早速私は調査活動を開始した。

その結果、石川県立図書館の職員の人たちの協力により、所蔵の資料の中からいろいろな記述を入手することができた。

その一例が、数多くある日本の通史シリーズの中で、小学館一九七六年発行の『日本の歴史』第26巻、宇野俊一『日清・日露』だった。その「日清開戦」の章で、「旅順虐殺事件」の小見出しの下、四ページに亘って経過を述べた上で、その旅順での戦闘に加わった兵士、窪田仲蔵の従軍日記の中の一八九四（明治二十七）年十一月二十一日の一部を引用し、続いてこの後詳しく紹介するイギリス人船員ジェームス・アランの現地での体験記の一部を引用、欧米の新聞各紙に当時掲載されて大反響を呼んだと言われる風刺画家ビゴーが旅順での日本兵を描いた作品も揚げてあった。

また、雑誌では、「潮」の一九七二年十月号に評論家藤島宇内が、「満州大虐殺の原塑——日清戦争」と題して、前記イギリス人ジェームス・アランの〝UNDER THE DRAGON FLAG〟の一節の訳文を紹介していた。それで早速国立国会図書館へ行った私は、ロンドンのウィリアム・ハイネマン社一八九八年刊の同書を読み、第一章と第六章をコピーして来た。

以下、藤島訳のアランの体験記の一部を引用しよう。

——しばらくまわりの情況を見たあと、私はドック伝いに、町中へ入り、道筋のわかっている東港の道をたどり、宿屋へ急いだ。どこへ行っても避難民がゴッタ返していたが、その群れに日本兵が殺到しては、手当りしだいに、猛り狂って銃をうちまくり、銃剣で突き刺し、追い回している。倒れたものをメッタ刺しにし、切りつける。

旅順虐殺の風刺画　ビゴー筆
宇野俊一『日本の歴史26　日清・日露』小学館／1976年

私自身も突きとばされ、路上に転がった。起き上がろうとしたところへ、小銃を構えた日本兵が近づき、狙いをつけた。まさに銃が発射される瞬間、私は足で銃身をけとばし、素手であったが、得意のアングロサクソン流パンチを、ジャップの眉間にストレートでたたき込んだ。ものの見事に決まった一発に、地面に大の字にひっくり返った敵が逆襲してくるまえに、私は一目散に走り去った。(中略)

だが、ここにも酸鼻をきわめた場面が現れていた。運河のまわりにずらりと並んだ日本兵たちが、おおぜいの避難者の中国人を水(流れは浅かった)に追い落とし、両岸から銃弾を浴びせかけ、もがいている人間の背中を銃剣で突き刺す。死体が流れに浮かび、水は血で染まっている。兵隊たちは、口々に叫び、笑い声をたて、犠牲になった戦友が味わった苦痛の復讐をしているのだと告げているらしい。(私には、そのことばがわからない)血まみれのからだが、地獄と化した流れの中でもがいているさまは、まことこの世のものとも思われず、私は思わず眼をそらした。生存者は、流れにびっしり浮かんだ死体をかきわけ、運河の壁を必死ではい上がろうと何度も何度ももがいて、はたせずそれでも最後の力をふりしぼって、血の海をまた渡り、あげくは臓腑をひきちぎるような声で慈悲を請う。だが、それも冷たい罵声(ばせい)のまとになるばかりである。

生存者の中には、多くの女性もいる。とくに私の眼にとまったのは、幼児を胸に抱いて流れを突っきってきた婦人が、兵隊に哀願するようにわが子を差し出している姿だった。だが、彼女がやっと壁に手をかけたとき、血も涙もない復讐鬼のひとりが、銃剣で婦人の胸を貫き、さらに、彼女がくずれるように倒れると、次のひと突きで、二歳にも満たないような幼な児をクシ刺しにし、わざわざ高々と空中に揚げて見せたのだった。
死にきれずにいた婦人が、懸命にあがいて立ち、子供を取り返そうとする。……が、ついに、こと切れたのか、流れの中に倒れてしまう。それでも足りないのか、悪鬼どもは、婦人のからだを剣でメッタ切りにした。（剣がとどくかぎり、どの場合にも彼らはそうしたのだ）
あらたな犠牲者が連行されてきた。すでに運河は死体でいっぱいだ。……しかし、私はこの惨劇を、それ以上眼にすることは耐えられない。なんともいえぬ思いで、〝地獄の場〟を立ち去った。
（以下略）

実はアランは清国政府発注のイギリス製の武器を運んで来た輸送船の乗組員で、天津で荷を降ろして帰国の途中で寄った旅順港で上陸したアランは、同船の出港に乗り遅れたばかりにこの事件の巻き添えを食ったのだった。

この後、彼は幸い英語が多少分かる清国人の協力によってボートで港を脱出し、大型ジャンクに会って無事外洋に出られたのだった。彼はこの体験記をこうしめくくっている。

――いかに情状酌量してみても、日本人の兵隊が犯した行動、とくに彼らの人間性をまったく失った悪魔的行動を眼のあたりにしながら、あえて非戦闘員に対する虐殺をほしいままにさせた日本軍の上級将校の罪業の深さは、どんな高価な代償をもっても償うことはできないものである。

と。

そこで、あの『旅順万忠墓』にあった「王宏照の訴え」と題する文を見てみよう。

――私は今年七十九才、日本軍が旅順へ攻めて来たのは二十二才の年だ。その事を言おうとすると、髪の毛の先まで気分が悪くなってぞくぞくし、日本軍に対する恨みで歯の根が痛くなってくる。

（一八九四年）十月二十三日は大変寒い日だった。日本軍が金洲の方からやって来て、大砲や鉄砲の音が豆を煎るように響いて来ると、多くの人が少しでも辺鄙な所へと一斉に逃げ出して行った。しかし、我が王家の一族には年寄りもいれば赤ん坊もいる。だから、「我が一族は死ぬ時も一緒に死ぬんだ」と申し合わせ、（村外れの）広い庭のある大きな屋敷にかたまっていた。

十月二十四日、私の二番目の兄は本家の王志昌という左官屋と共に、あらかじめ作っておいた（村の中の）洞穴の中で息を殺して隠れていた。しかし、銃剣をつけた鉄砲を持った日本兵たちは、狼か虎のようにそこらじゅうを探し回ったから、兄たちが隠れていた洞穴も忽ち見つけ出し、引っ張り出した二人を水師営の南門の外で有無を言わさず殺してしまった。

殺された兄には七十歳ぐらいの母親と二人の子どもと妻がいた。その人たちはこの事を知らされた時には悲しみのあまり声も出なかったが、子どもたちが「父ちゃーん、父ちゃーん」と叫ぶと、老いた母親は息子の屍を一目見たいと泣いて訴えた。しかし、それは余りにも危険なことだった。彼の遺体が屍の山の中から捜し出されたのはその十数日後だった。一緒に殺された王志昌は当時五十歳を越えていたのだが、それでも日本兵は見逃してくれなかったのだった。

（その数日後の）ある日、私は、剣をつけた鉄砲を持った日本兵の命令で（数人の村人と共に）四つの死体を担いで旅順まで行かされた。旅順に着いてみると、家々はどれも門が開け放しにされており、中には死体が至る所に放置されていた。ある者は頭部が切り落とされ、ある者はカウンターにうつ伏せになっている。ある者は腹を断ち割られて腸が地面にはみ出して、鮮血が壁いっぱいに飛び散っていた。町じゅう死体だらけで、この時旅順にいた者は一人も余所へ逃げ出すことができず、残らず日本兵の凶刃にかかって殺されてしまったのだ。

また、私の所の近くの火石嶺という村の趙永発という農家には、十八歳の娘がいた。この娘は、日本兵がやって来たと知ると、すぐ近くに住む陳明義の家へ逃げて行き、そこの同じ年頃の娘と共に、日本兵に辱しめられることを恐れて、泣きながら家の梁に縄を掛け首をくくって死んでしまった。

（更に）日本兵は人を殺すばかりでなく鶏も犬も残らず殺してしまった。ある一軒の農家へやって来た日本兵たちは、牛がいるのを見て食べたくなったのだろう。家の者に大きな戸棚を持ち出させてその中に牛を入れて（炉の上に置き）下から火を付けて牛を焼き殺そうとした程だ。だから、村じゅうの鶏、家鴨、豚なども残らず持って行ってしまい、村じゅうのあらゆる物が侵略軍に奪い取られてしまったのだ。

これらの事実はすべて私がこの目で目撃したものだ。

このように日本侵略軍の兵士たちが無数の中国人を殺したことを私は永久に忘れることができない。

という、この文についても私は何も言う言葉がない。

この碑の存在について私は同級生や少し年上の旅順在住者に訊いてみたが、知っていた者は皆無だった。


何とかしてそこを訪れることはできないだろうか。

その思いが強まるまま、翌年私はファンタジーの中でそれが実現する物語『時をこえるロバの旅』を書き、大日本図書から一九九二年五月に出版された。その直後に、旅順の小学校を出た有志が旅順児童教育後援会という団体を結成し、この八月下旬に旅順に公式に訪問するらしいという耳よりな話が舞い込んで来た。その会の代表が私の三年先輩だそうだから思い切って電話してみると、案の定「ヒゲの先生はよーく存じ上げてます」とのことで、快く同行を認めてもらえた。

その一方で、実はその後のあの籐毓旭さんとの文通の末、この九二年の八月上旬に北陸児童文学協会と金沢子どもの本研究会の有志が、大連の児童文学関係の人たちとの交流のために大連を訪れることになっており、先ずそれが行われた。その滞在中、私の所へ母の旅順公学堂の教え子で戦後同地で小学校の先生をしていた周祥泰さんが籐さんの紹介で面会に来られるというハプニングがあった。話してみると周さんは極めて流暢に日本語で話をされたから、早速持参していた『時をこえるロバの旅』を進呈したところ、「すぐ読みます。何よりの記念品です」と言われ、八月下旬での旅順における再開を約束してお別れしたのだった。

そうして八月二十四日、月曜日、朝早く迎えに来た旅順口区公用のバスに乗り込んだ後援会一行十五名は、午前九時には旅順入りをし、白玉山のすぐ近くに作られた公会堂での公式の歓迎行事に出席した。

その席上、日本側から私は大学教授であると同時に『時をこえるロバの旅』の著者として紹介されたから、改めて区長に一冊進呈する一幕もあった。会はその後小学生たちの歌や踊りの盛大なアトラクションもあり、賑やかな昼食会の後、私たちには一時間の個別行動が許された。それで私はこの時とばかり万忠墓への参詣をそっと申し出てみた。

恐らく断られるのではなかろうかと内心半ば諦めていたのだが、あっさり上司から許可が下り、日本語が上手な男性職員の案内で公用車に乗っての訪問となった。その人の話によれば、周さんが母のことを含めてあの作品の内容を役所の人たちに予めしっかり紹介して根回

1992・8・24　旅順万忠墓にて

しをされていたのだそうだ。

正面入口、二十数段の巾広い石段を上って「永矢不忘」の額の下をくぐりながらまず目についたのは、門内両側にびっしり並ぶ校名などを記した華やかな垂れ布の束だった。どれも今年の清明節に団体で参詣した旅順全小中学校その他の生徒児童が奉納したものだそうだ。

その間を通り抜けて正面の大きな碑、その右隣の私より少し背が低い古い碑の前で手を合わせてふと気がつくと、家族連れで来ている親子が写真をとってもらっている。見ていた私が何気なく自分のカメラに

手をやったのに目ざとく気付いた案内の人が、

「一枚撮りませんか」

その後、碑の後ろの記念館を見ながらのその人の話によれば、かつてはもう少し南の方の斜面にあった村上果樹園の片隅に、ひそかに祀ってあったそうだが、戦後暫くしてもっと多くの人が入り易いように現在地に移したということだった。あっという間だったが私の心のひだに深く刻み込まれた、千載一遇の貴重な一刻だった。

その十年後、妻を案内する形で旅行社手配のタクシーで行った旅順では、観光地以外、とりわけ白玉山周辺などは降りることもカメラを向けることも許されず、スピードを上げて通り過ぎなくてはならない厳しい土地になっていた。

第十話 ● 番外編

昭和十六年十二月八日

昨年十一月二十九日の午後だった。北陸朝日放送から電話だというので出てみると、報道制作部長の黒崎氏で、

「七十四年前の十二月八日、先生、何してました?」

と相変わらず単刀直入だ。同氏とは、その半年前の五月下旬、同放送の連続シリーズ「七十年前の日々」という番組で、昭和二十年八月十五日の私の体験談のインタビューを受けて以来だった。だから、この質問を聞いて、いきなりだったが思い出すままを正直に、

「あの日なら朝、家でラジオの臨時ニュースを聞いて……」

とぼそぼそと答え始めると、すぐに口を挟んで来て、

「それ、またビデオに撮らして下さい」

こうして十二月一日に録画して同四日夕方放映されたのは、インタビュー内容の十分の一ぐらいだったから、その全体を回想記の一部としてここに紹介しておこう。

今から七十四年前、Kは、当時日本の植民地だった関東州大連市(現・中国遼寧省大連市)で父母と三人

暮らしをしており、昭和十六（一九四一）年十二月八日は、大連第二中学校の二年生だった。

小学校時代から家で飼っているシェパードの散歩はKの担当だったから、長いオーバーやマフラーなど防寒対策をすっかり整えて、十二月以降毎朝続く零下一、二度の寒さの中、白い息を吐きながら大仏山を約三十分気持ちよく歩いて来て戻って来たら、午前七時の五分程前だった。

そこで、ストーブで温かい居間で三人揃って食卓に向かい、いつものように両手を合わせて、

「いただきまーす」

と言ったその時だった。

七時の時報がポーンと鳴った後、ラジオのアナウンサーの緊張した声がひびいた。

――臨時ニュースを申し上げます。

臨時ニュースを申し上げます。

大本営陸海軍部午前六時発表

帝国陸海軍は本八日未明、西太平洋においてアメリカ、イギリス軍と戦闘状態に入れり

「そうか、やっぱり始まったか……」と父。

「え？　何が始まったの？」と母。

「イギリスやアメリカを相手に日本が戦争を始めたのさ」

こんな話をしている間にラジオは同じニュースを繰り返した後、軍艦マーチを勇ましく鳴らし始めた。

それもあってか、この日は月曜日で父が校長をしている現地人の子弟のための学校、西崗子公栄堂でも全校朝礼があり、

「朝礼でこの戦争のことをどう言うか少し相談する必要があるから、早く行かなきゃ」

と言って、朝食をすますと父はすぐに出かけて行った。そうなるとKも何となく落ち着かなくなり、もう一度忘れ物がないか確かめた上で、陸軍で使っているのとそっくりなカーキ色をした長いダブルの防寒コートをきちんと着て、愛犬に見送られながら学校へ向かった。家から学校まで五分ばかりだが、それでも途中であの軍艦マーチの威勢のよいメロディーが聞こえる家があり、ラジオでニュースを聞いているんだなと思うと共に足の運びが早くなった。

教室に入ってみると、汽車通学の者など何も知らなかった生徒もいたりして、あちこちに数人ずつの輪ができていて何となく騒然としていた。

「なあ、西太平洋で戦闘状態って、どっかで艦隊同士がぶつかったって事かな、日本海海戦みたいに」

「いや、日本軍がどこかへ敵前上陸したんじゃないか？　イギリス領やアメリカ領の」

「あ、ホンコンだ。おれ今年夏休みに行ったら、イギリス国旗飾ってた」

「だったらヒリッピンはアメリカのものだ」

「じれってえなあ、もっと詳しく分かんねえかなあ……」

そんな声が出ている時校内放送があり、中庭で全校朝礼が行われるから直ちに集合せよというアナウンスがあり、一斉に外へ出た。煉瓦造りの校内はボイラーによるスチームがきいていて室内はかなり温かいのに比べ、屋外は零下一、二度だからグッと寒さがこたえるのだが、狭い中庭に一年から五年まで合わせ

て千百名程の男子が体をくっつけ合うようにして、ビッシリ詰めて整列すると忽ちムッとする程熱気が生まれて来る。

二年二組の級長だったKは最前列だったから、その全体の熱気を背後から受ける形で寒さをやわらげることが出来たが、生徒に向き合う形で三、四メートル離れて横一列に並んでいる先生達の寒そうな顔がKには印象に残っている。

やがて始まった朝礼では、正面の号令台に立った学校長が何を言ったか、Kの記憶から全く消え落ちているが、恐らくかなりの感慨を込めて、日本がヨーロッパでのドイツに呼応する形でイギリスやアメリカ、オランダ、フランス等の諸国に対して宣戦布告（戦争開始の通告）をしたことを述べ、お国のために役立つ人間になるように心身を鍛え、勉学に励むようにと言ったにちがいない。

その次に足音も高く台上に立ったのは、カーキ色の陸軍中尉の軍服に身を固めて軍帽を被り、焦茶色をした革の長靴を履き、軍刀を腰に下げて白い手袋をはめた配属将校だった。

すかさず五年一組の級長が全校生徒に号令を掛ける。

「配属将校殿に敬礼！　頭（かしら）ーッ、中ッ！」

これに合わせて全生徒が顔だけを一斉に中尉の顔に集中すると、パッと右手の指先を頭の脇にくっつけるようにして全生徒を見渡すように顔を大きく動かして、その手がすっと下ろされると同時に、生徒代表の号令が飛ぶ。

「直れッ」

これが恒例の配属将校向挨拶で、これに続いて、マイクロホンに噛みつきそうにしてキンキン声を張り上げての演説が始まった。その内容はあの臨時ニュースを少し具体化したもので、まず第一は今朝三時半と四時半の二回にわたってわが海軍の爆撃機合わせて三百六十機がハワイの真珠湾のアメリカ軍基地を空襲し、湾内に停泊していたアメリカ太平洋艦隊を全滅させたこと。その後、他のわが海軍の航空隊がシンガポールや太平洋南部のウエーキ島などのイギリス軍基地を次々と空襲し、その範囲を広げつつあること、陸軍ではシンガポールを目指した部隊が午前一時以降次々とマレー半島に上陸して一斉に南下進撃中であることなどを意気揚々と述べた揚げ句、

「この後、刻一刻と新たな朗報が我々の耳に入って来るだろう。今やわが大日本帝国そのものにZ旗が揚げられたのである。かつて日本海海戦において戦艦三笠のマストに揚げられたZ旗が示したものは『皇国の興廃この一戦にあり』であった。しかし、本日我々一億総国民の先頭に揚げられたZ旗は前途洋々たる皇国が世界に雄飛する門出の旗印である。諸君の一層の奮起を心から期待する」

これでこの印象深い朝礼は終わって生徒は全員それぞれの教室へ戻ったのだが、今のハリキリ中尉の熱弁に対する反応はさまざまだった。まっすぐ自分の座席に戻って、そのまま自分の思いにふけったり、頭の整理をしようとしていたりする者もいたが、忽ち四、五人集まって元気よく喋り合うグループもあった。

「おれ、前から云ってた通り、海軍へ行くぞう、海軍」

「お前は兄貴がもう軍艦(ふね)に乗ってんだものな。ひょっとしたら今頃ハワイへ行ってんじゃないか?」

「それはないだろうけど。で、お前の予科練行きはどうなった」

「二年修了で予科練入ったら卒業して入隊しても下士官にしかなれねえけど、四年修了して甲種に入ったらもっと上まで行けるってから、どうすっか迷ってんのさ」

「おれはもう迷うことない、四年修了で海軍兵学校だ。絶対合格してやるぞう。ああ、S、おまえ前から陸軍だったな」

「うん、おれは六年の先生にすすめられて約束した通り、先月末に願書出した。合格したら三月末には熊本行きだ」

中学二年で受験できる陸軍幼年学校は将校を養成する五年制の陸軍の学校で、仙台、東京、名古屋、大阪、広島、熊本の六校があった。十二月八日の時点でこのSのように受験を決めていた中学生にとって、この開戦のニュースはこの上ない刺激だったにちがいない。なお、この時点でのKの進路は同級の多くの者と同じく全く未定で、父が言う「将来外交官になったらどうだ」という将来像は、そう言う父自身思い付き程度だったし、Kも父にその理由やそのための進路などを訊いてみたことも皆無だった。

だから、このS君たちの話をぼんやり聞いているうち、別な方向から全く違う声が飛び込んで来た。

「誰か世界地図持って来てねえかなあ」

それは先程からハワイがどこにあるとか、ウエーキ島と近いのかなどと言っていたグループだ。その声を聞いたとたんにKは自分の鞄に地図帳が入っていることを思い出した。これは小学五年の三学期に受持だった先生が昼休みにフランス人が書いた小説を読んでくれたことがきっかけで地図をよく見るようにしていたせいで、今朝も何となく鞄に入れたのだった。

それを持って行ったKを囲んで忽ちそのグループがふくらんだ。

「おっ、さすが級長、用意がいいな」

「グチャグチャ言って邪魔すんなよ。K君、そんな奴無視して、ハワイが出てっとこ、開けてくんないか」

丁度太平洋を中心にして左のページの端に中国やインドシナ半島、右ページの端が南北のアメリカ大陸までが一度に見渡せる見開きの地図があった。

「広いなあ太平洋は。ハワイなんかどこにも見えねえじゃねえか」

「小学校の国語だったかに出てたじゃねえか、横浜を出て、ハワイのオアフ島に寄ってサンフランシスコへ行くのが日米太平洋航路だって」

「そんなことより……あっ、あった。日本から何千キロ離れてんだろう」

「これじゃ、日本から直かに爆弾積んで飛んでくなんて絶対無理だな」

回りにいた皆が、Kが指さすハワイと日本本士を見てうなずいた。そこから当然次の疑問が湧いて来たKがそれを言おうとした丁度その時校内放送が入った。次のベルで通常通り二時間目の授業を始めるという、淡々としたアナウンスだ。

「よーし、今日も一日がんばるぞう」

「うそ言え。授業が始まったとたんに居眠りするくせに」

それでドッと笑いがはじけた二年二組だった。

それ以後は、先生たちもあの全校朝礼の後いろいろ指示があったり申し合わせたりしたらしく、全く通常通りの授業が行われたから、Kたち生徒もいつもと変わらぬ月曜日を過ごしていった。K自身特に記憶に残ることは何もない。

だから、朝のあの話の続きを考えたのは、家に帰ってラジオのニュースを聞いた後のことだった。そのニュースでは未明の真珠湾攻撃が完全に成功したことを詳しく述べた上、午前十一時四十五分に宣戦の詔書が発布されたことと、東条英機総理大臣の「大詔を拝し奉りて」と題する堅苦しい談話も放送された。続いて戦況では、タイ領のマレー半島各地に上陸した陸軍部隊が競い合うようにしてシンガポールへ向けて進軍中であることと、広東省南部の深圳東地区から中・英国境を突破して香港へ向けて攻撃中であること、フィリピン各地の飛行場や兵営を次々と空襲していることなど、アナウンサーの声も溌剌としていた。

おやつを食べながらこのラジオを聞いていたKが地図を拡げたのは当然で、このニュースが終わって二階の自分の部屋に入ると同時に、朝礼後の教室で抱いた疑問が再びよみがえってきた。以下それから考えたKの頭の中での自問自答を追ってみよう。

(作戦参謀たちの頭にはハワイへ直接日本本土から爆撃機を飛ばそうという発想は初めから全く無く、飛行機と乗員とを乗せた航空母艦をどの位近くまで進めればよいかと考えただろう)

(オアフ島へギリギリここまで近づけるという距離を計算して、地図の上にコンパスで円を書くんだな)

(だけど、その航空母艦も小さいものじゃ役に立たないぞ。うんとでっかい奴だ)

(そんなこと初めっから計算済みさ。だから当然その空母を敵から守るための軍艦も何隻も必要になる)

(空母を守るとしたら駆逐艦や巡洋艦、もっと小回りの効く奴も要るぞ)

(駆逐艦だって三隻ぐらいは必要だし、輸送船も一隻じゃ足りんだろ)

(それじゃ立派な艦隊じゃないか)

(だって、一度に百五十機以上の飛行機を次々と飛ばすんだからな)

(航空母艦一隻を中心にそれを囲んで弟分の巡洋艦一隻、駆逐艦三、四隻、水雷艇四、五隻、輸送船二隻、こんな艦隊が一まとまりになって航行して行ったら、いくら広い海でも偵察機からなら目につくだろう)

（もちろん定期の日米航路なんか絶対だめだよね）

（軍港としたら佐世保か、呉か、横須賀か、もっと外にもあるのだろうが、そのどこか二か所で結成された航空艦隊が、別々に出発して国内のどこかの湾で合流し、大本営の命令によって出航した後に、どこの国の偵察機にも軍艦にも見つからずに、ハワイの近くへ行ったわけだから、間違いなく最短距離の出発点を選んだにちがいない）

そう考えたKは、さっきから何度も見ている地図帳のあの太平洋のページを開けて、見直してみた。すると、地図の東方にへばり着いている日本列島がひどく斜めに傾いているのに気がついた。それで、日本地図のページをあちこち開けて見ると、日本列島の北海道から九州までは東経一四五度から一三〇度にまたがっていることが分かった。

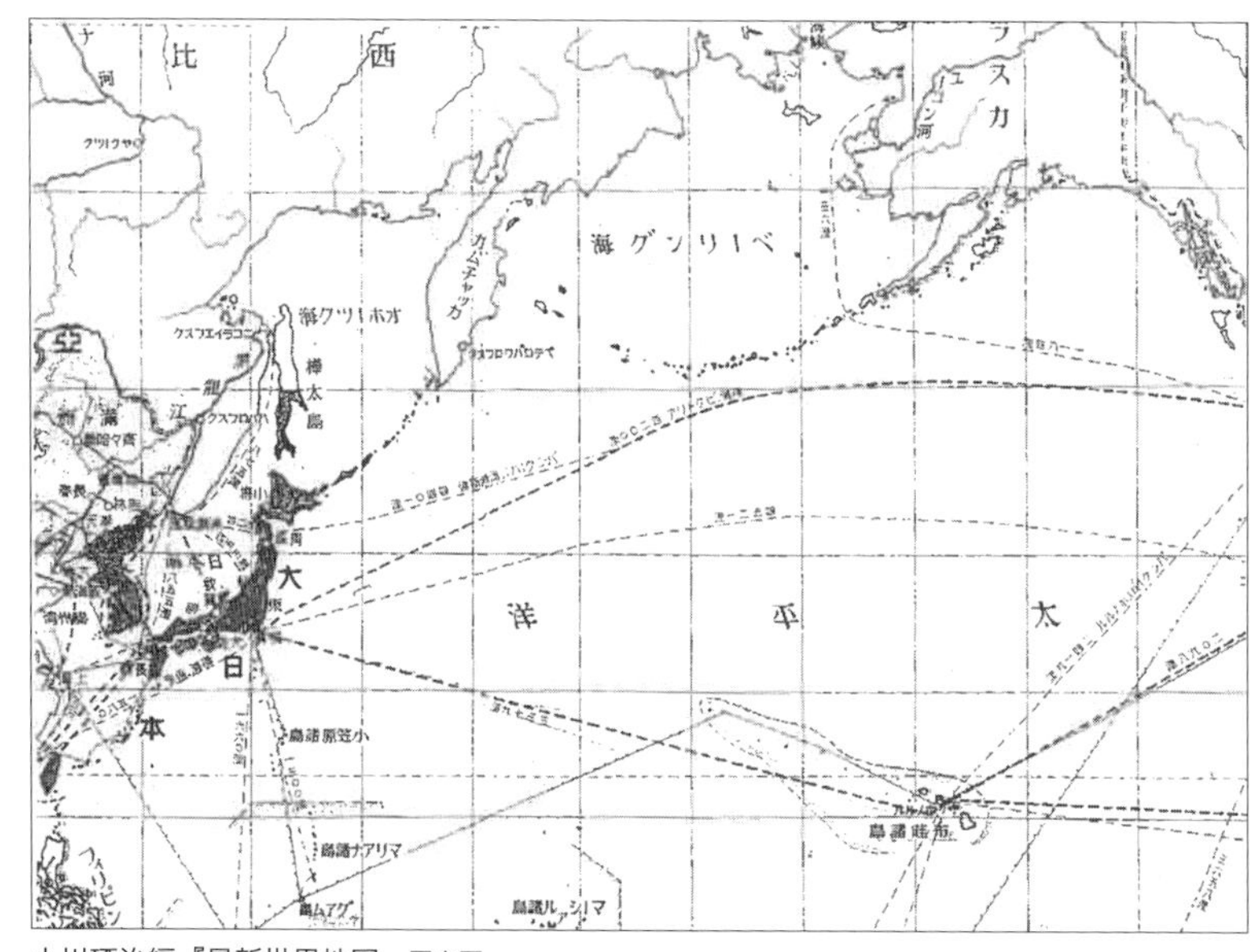

小川琢治編『最新世界地図』冨山房

つまり、日本列島は、千島列島から鹿児島の薩摩列島までに限定しても千二百キロメートルも離れていた。だから、海軍の艦隊が同じハワイを目指して出動して行く時も、例えば根室から出発するのと鹿児島から出掛けるのとでは、極めて大きな差が出て来る。従ってわが海軍の参謀本部は少なくとも一か月前にこういう観点からプランを練り、国内の複数の軍港を起点にして、当時わが国の領土だった千島半島の最も東にある択捉(エトロフ)島の太平洋側のどこかに集結させ、開戦の日程が決定されると同時にそこを出発させたのだろう。ここまで考えKはほっとした。

それで、その日の夕食後、父にこの話をちょっと話したが、そんなことを考えたのかという顔をしたので、

「だけど、学校でもそこまでは言わん方がいいぞ」

いい気分でいるとすぐに釘をさされた。

「うん、そうだね」

Kがそう答えたのは旧作「北京語」(『ニーハオと言わなかったころ』大日本図書一九八六)に書いたように、植民地大連ではどこに憲兵の耳があるか分からないからであった。事実、この日から一週間後だったか、大連二中の英語教師の一人が憲兵隊に連行されるという事件が起きた。家でいつものように好きなジャズレコードを聞いていたら、近所の人から通報があったためで、スパイ容疑という理由だった。Kたちの英語の担当ではなかったが、その噂の一週間後廊下でKがすれ違ったら、通称ライオンと言われていた面影が見違える程生気のないものになっていた。

ともあれ、以上がKにとっての昭和十六年十二月八日だった。

昭和二十年風雲録

都合によって、いきなりポーンと数年分飛んで、今から七十年前のKの生き様を見てもらいたい。

昭和二〇（一九四五）年三月三日午後、Kは、門司始発東京行きの三時間以上遅れている列車の中で、心身共にうんざりして座っていた。

下関を前日の午前九時二十分定刻に発車したこの急行列車は、三日午前十時三十六分に東京駅に着く筈だったが、その時刻にはまだ静岡の手前を走っていた。

それは、名古屋から熱海にかけての鉄道線路が、三か月前の十二月七日に東海地方を襲った大地震で深刻な被害を受けた上、人手不足に資材入手難のせいで修復がままならず、どの列車ものろのろ運転をせざるを得なかったためだった。更に小田原から先は、二週間前の二月十六日アメリカ軍の艦載機千二百機が関東各地に来襲し、鉄道の駅が何よりの標的として狙われたからでもあった。

しかし、前年の六月中旬にアメリカの爆撃機が門司や八幡、博多など北九州各地を襲った様子は、つい前夜泊まった下関の知人の家で知ったものの、その他各地の情報はKには一切入っていなかった。だから、列車の遅れは諦めるしかなかったが、この午後車内にいるKをぐいぐい痛めつけてるのは、空腹だった。

五日前の朝、当時両親が住んでいた大連近郊の金州を出発して奉天（現・瀋陽）で乗り換えた後、朝鮮半島南端の釜山までKが乗っていたのは特急列車の一等車で、三度の食事は食堂車でだった。ところが内地に来てみると国の方針によって特急列車も一等車も食堂車もすべて廃止され、切符を購入する時にも役所の認可証が必要だった。

したがってこの列車での食事は、前夜泊まった家の人が持たせてくれたおにぎりを、昼、夕、朝とおいしくいただいたからよかったが、それ以外の食べ物は何一つ持っていなかったし、売ってもいなかった。

実は、今度の長い汽車の旅に際して父がKに持たせてくれた、昭和十九年十一月一日発行の「時刻表」の裏表紙には、「旅行防空心得」と題して空襲警報が発令された時の注意事項が五項十四行に亘って具体的に示してある外、下段に大きな活字で、「防空服装で」「食糧非常用品携行」と特記されていた。だから、これを見た父たちはいろんな食物を持って行くよう言ったのだが、Kはすべて拒否して来たのだ。

「備えよ常に」、「欲しがりません勝つまでは」などの時局標語を何回口の中でくり返しただろう、Kが東京駅にようやく着いたのは午後三時、何と四時間遅れだった。その大きなプラットホームに降り立って思わず大息をついたKは、思いきり両手を上に伸ばし、大きなあくびをしようとして、ハッとなって身を正した。急ぎ足で通り過ぎる人たちが自分に向けて来る視線を感じたからだ。

そこでKは、かねて教えられている通りに背筋を伸ばして胸を張り、あごを引き締めて真っ直ぐ前方を見て足を進め、山手線に乗り込んだ。とたんに今度はこっちが乗客の服装に目を引きつけられた。男性は陸軍と共通のカーキ色の服を着て足にゲートルを巻き、鉄兜を背負った人が大半を占めており、女性はほとんど皆モンペ姿で布製の防空頭巾を背にしていた。

それもその筈、池袋で東武東上線に乗って乗客たちの話を聞いているうち、東京の人にとって、去年の十一月下旬以降、アメリカ軍の空襲はいつあっても驚かないものになっているのだと気が付いた。この沿線に近い中島飛行機製作所武蔵野工場を標的にしたB29爆撃機八十機による十一月二十日昼過ぎの空襲は、その後数日おきに何回も続き、その周辺の民家や田畑もかなり被害を受けたらしい。この工場がKの入院先である振武台（しんぶだい）病院の南東二キロ程だとKが知ったのはこの二、三日後だった。

こうして東京駅から約一時間、去年の七月末に自宅療養を命じられて七か月後、梅の花咲く成増駅でこの長旅は終わったのだが、それから病院までの遠かったこと。やっと玄関に辿り着いたとたんにKはへたへたと腰が脱け、意識がすーっと遠のいて行った。

そして気がついてみたら、靴を脱がされて一番窓際にあるベッドに寝かされていた。

(あ、この天井、見たこと、あるぞ)

そう思って頭をあげようとしたら、女の人の顔がぬっと現われて、

「あ、気がつきましたか、お帰りなさいKさん。気分はどう？」

去年もいろいろお世話になった婦長さんだと思うと同時に声が出た。

「何日も揺られっ放しで、おまけに腹も空きっ放しで……」

軍服を着て

「それじゃ取りあえず乾パンでも食べて、夕飯まで一眠りすることですね」

これでほっとしたKは用意してあった白衣に着換えて乾パンを売店で買って食べ、ベッドの毛布にくるまってぐっすり眠った後、この病院のおいしい夕飯を食べたら、やっと人心地がついた。それで訊いてみると、同室の顔ぶれはKと同じ陸軍予科士官学校の六十期生が三人いる外は、去年十一月に時期を早めて入校した六十一期生だということで、夕食後、簡単に自己紹介をしてもらったが、ほとんど耳に入らなかった。

その翌朝、元気一杯に鳴くニワトリの声に夢を破られたKは、定時の検温は三十七度だったが全身がだるい。しぶしぶ洗顔をすまし、ぼーっとしていると、同期の室長が言った。

「昨夜警戒警報が出て起こしたけど、いっくら体ゆすっても目ぇさまさねぇ。弱ったな、どうすべぇと思案してたら解除になってよかったけど、よっぽど疲れてたんだな」

検温の時の看護婦の話では軍医は今日は十時出勤予定だとのことだから、朝食の後昨日の日記をつけていると早くも警報が出た。

「日曜日ぐらいのんびりさせて欲しいのにしょうがねえな」

「先週もそうだったから、やつら、遠足気分で来るんじゃないか」

「この辺がお目当てでなきゃいいけどな」

口々に言いながらも室長の指示に従って、院庭の中のゆるやかな坂道を所定の防空壕目指して下って行く。壕は広い斜面のあちこちに作られていて、白衣の列が思い思いの方向へ進んで行く様はまるで小川の流れのようだ。初めて見るその光景に思わずKが足を止めて見とれていると、室長の声がした。

「どした。気分悪いんか」

すまないと言おうとした時サイレンが鳴り出した。

ブオーッ！　ブオーッ！　ブオーッ！

急いで壕に入ったKたちが互いに身を寄せ合って土壁を背にしゃがんでいると、爆撃機らしい轟音が響いて来、それを迎え討つわが軍の高射砲弾が炸裂する音が、パーン！　パパーン！　と聞こえ、間もなくズシーン、ズシーンと地響きが伝わって来た。

「五十キロ爆弾だな、チクショウ……」

誰かの呟きが聞こえたかと思うと、その地響きの音が連続して伝わって来て、天井から土がバラバラ落ちてきて不安が増す。

Kたちのその気持が強まりかけた時、室長の落ち着きはらった声がした。

「この辺は火山灰が積もった関東ローム層だから、地中の音や響きが伝わり易いんだ。この程度だったらまだうんと離れてっから、まだまだ安心しててていいぞ」

この言葉でKの不安感がすっと消える。

それからどの位経っただろうか、そのうち伝わってくる音などが次第に弱くなり、壕の中の何人かが寝息を立て出し、辺りが静かになった頃、警報はようやく解除された。

それで皆壕を出たのだが、這って出たKはなかなか立てず、室友に支えられてやっと病室へ戻った始末だった。後で知ったことだが、この日B29百十機に襲われたのは本郷、駒込から巣鴨に至る住宅地帯で、住民の死傷者は約一千名、被害家屋は四千戸を超えたという。

この午前中に行われた軍医による検診ではKは過労により当分の間安静休養を要すという診断で、体温は四十度に達していた。考えてみれば、単独の長旅による肉体的過労に加え、次々と見せつけられた震災や空襲による惨状から受けた心理的ショック、そして到着翌朝のこれ又初めての避難体験、これらがKを心身両面から痛めつけていたのだろう。

この四日の午後からは腹痛にも苦しめられるようになったが、下痢と熱冷ましの薬服用と氷枕をするだけで、寝たきりの毎日だった。それでも、B29の来襲が、六日夜半に警戒警報が鳴ったものの東京には来ず、茨城や群馬に行ったため、すぐ解除になってKは無事だった。

その無事な状態が七日、八日と続いてKは少しずつ熱が下がり始め、九日午後には三十八度台にまで下ってきた。

だから、夜寝る前に同室の一人が、

「アメリカの奴等、陸軍記念日のお祝いに明日でっかい花火上げるつもりじゃねぇだろうなあ」

と言っているのを耳にしたKは、日本のそんな記念日のことなんか彼等が知ってるかなぁと思ったが、それを口にする元気はまだ戻ってはいなかった。

その恐ろしい予告である警戒警報が出たのは、三月九日午後十時半丁度だった。

その時刻、腹の痛みが五日ぶりに止んでぐっすり眠っていたKは、警報に続く同室の者のぼやき声に起こされた。

「あーあ、いい夢見てたのになあ……」

「今夜も又ぐーっと方向転換して、どっか、明後日の方へ行っちゃうんじゃねえか」

「いいや、何となくいやーな予感がすっぞ。ならぬ堪忍、するが堪忍さ」

そういうぶつぶつ声を振り払うように室長が大声で言う。

「今俺たちに必要なのは、勝つために兜の緒をしっかり締めることだ。いつでも外へ出られるよう準備しておけ」

そう言い終えると同時にスピーカーから東部軍管区情報が流れて来た。それによると、マリアナ諸島の米軍基地から真っ直ぐ北上して来たB29の大編隊が間もなく房総半島に達する模様につき東京方面では厳重な警戒が必要、ということだった。

これじゃ、すぐに空襲警報がでるなと思ったが、シーンとしている。その代わりに院長命令が出た。

「一同直ちに所定の壕へ避難すべし」

こんな時、自分はどうすればいいんだろうと思っているKの所へ当直の軍医が足早にやって来て、体温や血圧、脈拍などを測るとすぐ看護婦長を呼んで言い付けた。

「現状では担架による移動も不可能だから、看護婦一名を付き添わせてこの場にて安静を保つようにしなさい」

この時のKは枕から頭をちょっと上げただけでドキドキしたり、目まいがして気が遠くなりかける程だったから、検診の際の数値はどれも最悪だったにちがいない。

うつらうつらした状態で、軍医の言葉も他人事のように聞いていたKだったが、最後に病室を出て行こうとした同期生が窓際のベッドに寝ているKに近付いて言った言葉ははっきり聞こえた。

「暗幕開けてくぞ。星が見えるからな。じゃ、がんばれよ」

その男と入れ替わりにやって来た看護婦に、

「ご苦労さん」

とかすれ声で言ったが、再びKは浅い眠りに落ちてしまった。

そして、どこかの海岸で海鳴りの音を楽しんでいる夢を見ていたKは、サイレンの音で夢は破られたものの、海鳴りの音は急速に大きく聞こえて来る。その音についてKが看護婦に確かめようとしたその時、甲高い声がKの耳に飛び込んで来た。

「アッ！　アーッ！　燃えてます！……」

「えっ？　どこ？」

「あっち……ずっと向こうです」

ベッドと窓の狭い空き間に入った白衣の彼女が指さしている方へ目をやったが、Kに見えるのは、真っ暗な空低くパン、パン、パパンと花火のように次々と輪を描く、高射砲の砲弾のきらめきだけだ。

「アアーッ！　すごい炎。オーッ！　燃えてます、あっちも……あっ、こっちも……」

胸に手を合わせて叫ぶ甲高い声につられて、何とか頭を上げようとするが、うまくいかない。

「チ……チクショウ……」

思わず洩れたKの声が聞こえたらしく
「あ、少し起こしましょうか」

素早く動いた彼女が近くのベッドから枕を二つ取って来て、上手にKの枕の下に次々と差し入れてくれ、Kの視野が一気に広がる。

空高く飛ぶ数機のB29の黒い姿を取り囲むように白い煙がもうもうと立ちこめる下、大きな焚火そっくりにボウボウと燃えさかる赤い炎が、数か所にきらめいている。

「あれ、池袋辺り？」

「いえいえ、夜は何もかも近く見えますから、多分、深川か、本所、日本橋……」

「浅草なんかも入ってる？」

「多分入ってると思います」

「だとすると、ここからどの位離れてる？」

「大体四里、十六キロ前後あります。でも、見てても信じられない、ものすごい燃え様です」

そのうち、空高く広がる白煙と、場所を少しずつ変えながらメラメラ燃え上がる何本もの炎を後にして、十数機のB29の編隊が二列か三列になって高度を上げながら、西北の方へ移動し始めているのに気が付いた。Kの方へ近づくにつれて鳴り響く、その爆音のものすごさに思わず耳をふさぎたくなる。
三、四分かけて一つの編隊が上空高く通り過ぎ、二、三分途切れてちょっと静かになったかと思っていると、すぐ次の十数機が追って来るという繰り返しだ。
今回調べて分かったことだが、任務を果たしたB29は池袋上空を通り過ぎ、埼玉県に入った辺りで右へぐるっと反転し、印旛沼南方をかすめ房総半島の付け根辺りへ直進し、そこから太平洋に出て帰路についたらしい。

そのため、現在の和光市役所近くの国立病院機構さいたま病院の位置にあった振武台病院のベッドに横たわったまま、暗い夜空を見上げていたKにも、次々と通り過ぎるB29の編隊の中に、少し白煙を出しながら飛んでいる故障機が交じっているのがはっきり見えた。恐らくわが軍の戦闘機の迎撃によるものか、高射砲弾に当たったものだろう。

このようにしてアメリカ空軍の激しい焼き打ちが始まって約一時間経ち、さすが疲れが出て来たせいだろう、うとうとしていたKは、再び甲高い彼女の悲鳴にとび上がった。

「アアッ！　大変ですよう！……」

見開いたKの目にいきなり飛んで来たのは、自分たち目がけてま正面から突き進んで来る、巨大な火の塊だった。

左右に大きく伸びている幅広い翼のどちらからも白煙が赤い炎も多少交えて吹き出しているばかりか、中央の太い胴体からもメラメラと炎が燃え上がっているB29が、この病院全体を一挙に跳ね飛ばしそうな勢いで、まっしぐらに攻め寄ってきている。

「チクショウッ、上がれーッ！　B公……上がれーッ！……」

寝た切りながらも握りこぶしを振り回し、死物狂いに叫んでいるKを尻目に、一気にグーッと迫って来たその燃える巨体は、地上のすべてを吹き飛ばさんばかりに迫って来たかと思うと、アッという間に、百メートルと離れていない(と、その時Kには思われたが、実際には、四、五百メートルはあったかも知れない)低空を忽ち通り過ぎて行った。

「アー！……ありがとうござい……」

Kが声のする方にそっと目をやると、Kのベッドの脇にひざまずいて両手を顔にくっつけるようにして合わせていた彼女は、肩をふるわせて泣き伏していた。Kも思わず大息をついて呟いた。

「ああ、助かったァ……」

こうして心の底から安心したKは、間もなくぐっすり寝てしまったらしい。警報がいつ解除され、彼女がいつ病室を出て行き、同室の者がいつ戻ってきたか、どれも全く知らなかった。翌朝知ったことだが、戻ってきた同期生の一人がKのおだやかな寝顔を見て呆れて言ったらしい。

「見ろよ。こんなのを世にも目出度き果報者って言うんだろうな」

しかし、両翼の長さが合わせて四三・一メートル、頭部から尾部までの全長三〇・一八メートル、大型プロペラ四基を備えた巨大爆撃機B29が、濛々と火を吐いて強い熱気を撒き散らしながら、低空を直進して自分たちに迫って来るのを見た、あの恐怖感は、Kの心の奥底にはっきり焼きつけられた。そのため、戦後十年以上経ってもこの場面を夢に見て、目が醒めてほっと大息をついたものだった。

なお、後に警視庁が公式に発表したところでは、この二時間二十二分間の空襲による被害は、焼失家屋二六万七一七一戸、罹災者一〇〇万八〇〇五名、重軽傷者四万九一八名、死者八万三七九三名、その他行方不明者、未確認者が多数いたらしい。更に重要なのは、この罹災者のほとんどが民間人だった事と、その一般市民に対して米軍が使用した焼夷弾が、油性材料によるナパーム弾を大量に詰めた「モロトフのパン籠」と呼ばれる、子持ち爆烈弾だった事だ。

それは、爆撃機から投下された大型爆弾が、放出されて地面から一定の高さに達した時点で外皮が分離され、中に三、四段もぎっしり詰められていた数十発の焼夷弾が一斉に撒き散らされて落下し、それらが地上十数メートルに達したとたんに空中で爆発し、中の油性材料が燃えながら四方八方に降りそそぎ、当たり次第に火災を起こすという恐るべき兵器だった。その存在自体はわが国の軍部でも知ってはいたものの防空上の対策は全くゼロであり、わが国の家屋は東京でもほとんどが木造だった。

そのため、九日の夜までは何十万の人がそれぞれ平穏な暮らしを営んでいた本所深川等の下町は、一夜にして焼野原になり、悲しみと憤りの声が巷に満ち溢れた。そしてその惨状は、病院生活を余儀なくされているKたちの耳にもさまざまな人によって連日伝えられたが、その都度Kは、真赤な炎に包まれながら正に魔神さながらの様相で飛び続けていた、あのB29を思い出さずにいられなかった。

ただし、ベッドに縛り付けられたような状態で極度の緊張を味わったあの体験が、K自身にとってはタイミングのよいショック療法になったらしく、その日のうちに体温も脈拍等も正常に戻った。そして、それ以後は体力回復に専念するようになったのだった。

一方その間にも米軍のB29機は三月下旬に名古屋方面に大挙して来襲したし、地上でも米軍は沖縄で本格的に上陸作戦を展開して、戦局は一段と緊迫の度を濃くしていた。

そんな中での四月一日、振武台の陸軍予科士官学校では第六十一期生三千三百名の入校式が行われた。六十一期の中の航空兵用員生徒千七百名は前年十一月に入っていたからこれで合計五千名になり、Kも入院のまま留年の形で六十一期に編入された。

それもあってKはより積極的に体力増強に努めていたのだが、四月三日、夜中に警戒警報が出て避難したものの敵機のコースが外れたため部屋に戻って寝直して起きた四日の朝、Kは急に腹が痛くなって激しい下痢が始まった。その上、午後には体温が急激に昇りつつあるのを診た軍医によって、赤痢の可能性があるから菌の有無が明らかになるまでKは個室入りを命じられた。

どうして自分にだけそんな赤痢菌なんかが入り込むんだなどと残念がっても仕方ない。独りでじっとしていると、六日の午後には痛みが消えると共に下痢も止まり、体温も七日朝には平熱に下がったから、婦長も、やれやれと言わんばかりの口調で言った。

「後は午後知らせがある菌についての結果待ちですね、Kさん」

それでKもほっとした気分で横になっていた午前十一時、突然東部軍管区情報が入った。百機を越えるB29の編隊が関東地方を目指して北上中という警戒警報だ。

早速皆が避難する声があちこちから聞こえたから、自分はどうすればよいのかなあと思っているうちに、つい春の陽気に誘われて眠りこけていたらしい。突然、

「空襲ッ！」

というけたたましい叫び声がしたと思うと、

――ドドーンッ！　グワーン！

――ズシーン、ズシーン……

――バーン！　バワーン！……

大音響と共に地下から突き上げるような衝撃がして、建物全体が揺れた。

と、その植後、

――グオーッ……！

という、台風か竜巻か、強烈な嵐が寄せて来るような音が迫って来た直後、

――カシャーン！　グワグァーン！

こんな一連の騒ぎがあっという間に続いて起きたせいだろう、まるで夢でも見ている感じで仰臥していたのがＫを救ったらしい。

真ん中に寄せてあったガラス窓が枠ぐるみスポットとはずれた後、そのままベッドの上を通り抜け、壁に激しく叩き付けられ、

――バッバーン！　ガチャ、ガチャーン！……

ガラスは粉々に砕けて床一面にとび散り、枠もバラバラにくずれて辺りに四散してしまった。何が起きたか分からないまま、Ｋはスーッと気が遠くなっていった。

それからどれ位経ったものか、どこかうんと遠くで誰かが自分を呼んでいる気がし、それが次第に近付いて来たから返事をしようとするのだが声が出ないし、目も開かない。どうなってんだろうと思っているうちに誰かが軽く肩を叩いて、

「Ｋさん、大丈夫ですか」

婦長さんだと思うと同時に目が開き、そのすぐ近くによく見慣れた顔があった。

「どこか痛い所はありませんか」

その声に答えて手足をそっと動かしてみ、ゆっくり体を起こしてみた。さっきまできっちりはまっていたガラス窓が、枠ごとスッポリ無くなって出来た横長の空間から、これまで聞こえた演習の時の音声と違って、きな臭い弱い風が吹き込んで来る。

「何があったんですか」

「ずっと向こうで落ちた爆弾のせいでふっ飛んだ窓が、Kさんが寝てる上をスーッと飛んでってくれたらしいの。よかったわねえ」

言われて廊下側の入口に目をやると、モンペ姿の小母さんが床に散らばったガラス片を丁寧に掃き集めている。そこへ入って来た軍医から赤痢の疑いは晴れたという朗報が入ったから、Kは早速元の病室へ戻ることが出来た。そこであの個室での出来事を話したところ、面白がった何人かがわざわざ確かめに行くという一幕もあった。

実はこの時空襲があったのは、病院の西側の木立に面して約一・五キロ四方に広がる練兵場を隔てて建っている、陸士予科＝振武台の何十棟もの校舎だった。この日本陸軍の高級将校育成のための学校がどのような防空対策を組み、当日どのように対応したかKは全くしらないが、この日同校は不意討のような形でB29五機によって一トン爆弾をはじめとする集中的な爆撃を受け、一時はかなり混乱に陥ったらしい。後に公式に発表された被害状況によると、直撃を受けた校舎は一棟のみで、死者は区隊長一名、文官一名、生徒十一名、負傷者若干名とされている。警報解除後、生徒たちは上司の命令に従って、遺体の収容は勿論のこと被害状況の調査報告の外、怪我の程度に応じて負傷者の手当を実施訓練として相互に助け合って精力的に行い、軍医の指示に従って重傷者の病院への搬送を分担した。ただし、詳しい怪我の状況等はKたち入院患者に対しては全く知らされず、ほとんど隔離の状態と言ってよかった。

そんな中で、下働きの小母さんなどから、地元ならではの話を聞くこともあった。

その北上して来た敵の五機が大泉学園方向から陸軍士官学校の校舎目掛けて進攻して来た際、そもそも進入高度が爆弾セット時に比べて多少低かったからか、あるいは刻々と近付いてくる陸軍士官学校の縦横共に何列となく整然と立ち並ぶ見事な校舎群を目前にして、余りにも気が逸ったためだろうか、担当者が爆弾投下のボタンを押すタイミングがごく僅かだが早かったらしく、宝の子である一トン爆弾が数発、正門手前のこんもりした松林の中に落ちてしまったのだ。

目標への爆撃があっという間にすんだ後、この松林に残されていたのは、本体の長さが一メートル程で少し長めの樽のような、ずんぐりした冷たく光る不気味な置き土産だった。しかも一箇だけでなく、少し間をとって複数箇あるから、もしもここへ強い風でも吹いて来て、どれか一つが下に落ちて爆発しようものなら大変なことになるのは目にみえている。

地元からの通報によって地区の防空本部から直ちに要員が現場へ駆けつけて、その除去作業に取りかかったと思うが、何しろ一発が一トンもする恐ろしい爆発物が細い松の枝にかろうじて引っかかっているだけだから、ほんのちょっとした手違いでスルッと落下する危険度は極めて高い。この除去作業がいつ完了したかKは覚えていないが、付近の人々にとってはその間生きている心地がしなかったに違いない。

地中に入り込んだこの手の置き土産は、その後五十年も六十年も経って全国各地で発見され、人々を恐ろしがらせ続けている。

このように振武台が狙われた一週間後、四月十三日の夜十一時から翌朝午前三時まで、東京麹町区や牛込区などいわゆる山手の人々は、次から次へと襲って来るB29三百三十機の編隊に爆弾と焼夷弾の雨を浴びせられた。

しかもこの空襲を皮切りにして、その後は一晩おきぐらいに東京では空襲警報の不気味なサイレンが鳴りひびき、これでもか、これでもかと夜空に姿を現わすあの黒い魔物によって恐ろしい目にあわされた。

これがKの体調に少なからぬ影響を与えたらしく、四月末の詳しい検査の結果、神経性慢性胃腸炎並びに貧血症につき三か月間の入院加療を要するという診断を言い渡された。だからそれ以後は歩行を中心とした運動を日課として義務づけられ、Kは忠実にそれを実行していった。

すると、この病院の南東約一キロ、現在の練馬区光が丘公園の北側に昭和十七年に陸軍が作った成増飛行場の関係者でここに入院している人たちと知り合った。一緒に同じコースを定まった時間に歩くうちに親しくなったその人たちの話によれば、この飛行場は、東北や北海道の各地から連日死闘が展開されている沖縄の戦場へ特攻隊として向かう飛行機の、重要な中継基地になっているらしい。

しかも、その隊員が乗った戦闘機が南九州の知覧など最終基地を目指して飛び立って行く時の方向がいつも定まっていると知ったKは、単独で歩いている時でも、それらしい機影を見る度に足を止め、厳粛な気持で見送ると共に戦況への現実感を肌で感じたものだった。

そしてこういう状況下での六月十一日、朝からよく晴れた月曜の昼下がりだった。

連夜の寝不足だから今のうちに少しでも寝ておこうかという気分の中、又もや「アメリカ軍戦闘機の編隊が京浜方向へ向け飛行中」という警戒警報が出た。後で分かったのだが、この時やって来たP51戦闘機六十機は硫黄島から来たもので、その飛行場は、東京下町が焼野原にされたあの大空襲の一週間後にわが軍の守備隊を全滅させたアメリカ軍が、本土総攻撃用にと大急ぎで造成整備したものだった。

そして当日、その編隊の先頭が横須賀辺りに近付いた頃、東京全域に空襲警報が発令はされたのだが、そこで彼等は五機とか八機とかと分散して別々にわが軍の航空基地や軍需工場等へ向かったため、その後の情報が少し途絶えた形になったらしい。

そのせいか、壕へ向かう皆の足の運びもかなり遅かった。

「やつら、又中島飛行機へ小遣いかせぎに来るんじゃないか」

「いやあ、野菜不足に困っちまって練馬大根掘りに来たんさ」

などと軽口を叩きながらも同室の皆がようやく壕に入り終えたのを、この週から室長を命じられていたKが確かめた時、ハッとした。

いきなり爆音が近くで聞こえている。素早く辺りを見回わすと、成増飛行場の上空で米軍のP51戦闘機五、六機がさかんに乱舞しており、うなるようなプロペラ音に混ざって、爆発音や射撃音が入り乱れて聞こえて来る。

（特攻隊の人がこんな所で巻添えにならなきゃよいが）とKが思うのとほとんど同時に、壕の中から、

「室長ー、わりと近いんじゃないですか？」

と言うのんびりした声がしてそっちを振り返ろうとした時、妙な動きをしている敵の一機が目に入った。急降下しながら飛行場目がけて機銃掃射をしていた一機が、ぐーっと反転しながら空中を滑るようにして向きを変えたかと思うと、いきなりこの病院に向かって真っ直ぐ突っ込んで来た。

思わず壕の扉を後ろ手でバタンと閉めたKは、見る見る迫って来る敵機の進路に合わせて地上に真っすぐ伏せ、顔だけ起こして敵を見た。そのKを目がけて接近して来る敵機の両翼に三艇ずつ配置されている機関銃の銃口が、パッパッパッと一斉に火を噴いた。

そのとたんに、

――プスッ、プスッ、プスッ、プスッ！……

と、Kがうつ伏せになっている三十センチ程離れた地面に何かが勢いよく突き刺さっていき、

P51は

――クーン！……

と唸りながら反転して飛んで行った。

（ええっ？　この俺が狙われた？……）

まだ信じられない感じでじっと地上で長くなったまま、もう一度成増飛行場の方を見たKは、また目をみはった。さっきのと空中でタッチをするようにすれ違ったもう一機が、さっきの後をなぞるようにして真一文字に突っ込んで来る。

もう来るぞと思ったとたんにKは寝たまま両手を頭上に真っすぐ伸ばし、体を転がすようにして十センチ程動かした。

その細長い白衣姿目指してか火箭が飛ぶ。

――ブスッ、ブスッ、ブスッ、ブスッ……

今度も弾丸は次々と地面にささりながら、忽ち敵機は通り過ぎて行く。

（やつら俺のことを白イルカか白ギツネのつもりでいやがるんだ）

ノースアメリカン P-51D ムスタング（1940年）

P-51Dは「第2次世界大戦中に作られた世界最高の傑作」といわれ、原型は1940年10月に初飛行、各型合計14819機生産。開戦直後、援英戦闘機として試作、生産を始めてからアメリカ陸軍でも使うようになり、さらにエンジンをイギリス製のロールス・ロイス マーリンに変えて、性能が急によくなった。アメリカ製マーリンを付けたP-51B、Cをもとにして、水滴形の風防と背びれを付けたP-51Dが1944年に完成、この型がP-51シリーズの決定版となり、そのあと軽量で運動性をよくしたP-51F、K、Hなどが続いた。1945年4月から、硫黄島を基地にして日本本土を直撃したのはP-51Dで、この型は朝鮮戦争でも活躍した。

①パッカード マーリンV-1650-7液冷1490馬力 ②11.284m ③9.85m ④21.8m² ⑤5262kg ⑥703km（高度7620m）⑦12770m ⑧3700km ⑩1 ⑪12.7mm銃6

P51戦闘機　小室克介監修『学研の大図鑑　世界の戦闘機・爆撃機』学研／2003年

「チクショウッ、負けるもんか」

見れば少し離れた所に体を隠せそうな土管らしい物がある。あそこまで行けるだろうかと目を動かしたら、最初に襲って来たらしいＰ51が、キーンとなり声を立てて真っすぐ突っ込んで来た。

――プスッ、プスッ、プスッ……

今度も銃弾は僅かにＫの脇を脱けて行く。車輪はすっかり機体内部に折り畳んであるらしく、魚雷そっくりの胴体だ。離れて行くそいつを目で追っているうちに、二機目がさっきと同じ方向からやって来たから、こっちも大急ぎで向きを変えた。その直後、

――ブスッ、ブスッ、ブスッ、……

これも何とかやり過ごしたが、三度目はうまく避けられるだろうか。そう覚悟したＫが最初の敵機はと目で追うと、今度は病棟目がけて機関銃を乱射して通り過ぎ、その後を二機目が同じように射ちまくり、既に飛び去った他の戦闘機を追い始めた。

その去り際に、革の飛行帽をかぶって白いマフラーをなびかせた一機目のパイロットが、ゆっくり立ち上がるＫを見てニヤリと笑ったのがはっきり見えた。

「フーッ、勝った……」

大息をついたＫがほっとした気持で壕の扉を開けると同時に、

「この辺で何遍もパチパチって音してたけど、室長、何ともなかったんですか」

「あれぇ、その白衣、どうしました?」

など、いろいろ声を掛けられたが、Ｋは何も答える気にならなかった。極めて短い間ではあったけれど、

Ｋにとってはここも戦場に外ならなかった。

間もなく警報が解除され、病室へ戻った皆が直ぐに気が付いたのは、天井のあちこちに出来た小さな裂け目だった。

「おい、見ろよ、虫食いみたいな穴」

「鉄砲の弾痕じゃねえか」

「あっ、こんな所にも！　そこにも！」

弾痕が作った小さな穴はベッドにも床にもいくつも見つかった。

「やつら、俺たちが中で寝てると思いやがったんかなあ」

「なーに、どこにも人が見えねえから、ふざけ半分で射ちやがったんさ」

「だけど、でっかい赤十字のマークが屋根にしっかり描いてあるんだぞ」

そんなことを口々に言っているうちに連絡が入った。

「各室長は各自の病室の被害状況を早急に事務室に報告に来て下さい」

そこでＫがしっかり調べた結果を報告に行って戻って来ると、六十一期生が三、四人肩を寄せ合って、膝を着いたりしゃがんだりして床に火箸のような物を差し込んで、何かを取り出そうとしている。

「あ、室長。余り浅い所に弾丸のけつが見えたんで、放っとくわけにいかんと思って……」

「おっ、取れた」

「ふーん、これがＰ51の機関銃の弾丸(たま)なんだ。わりと細長くて軽いですよ、室長」

と、渡されて手にのせたとたんに、Ｋの頭には、あのＰ51二機の狙い射ちから何とか身を守ろうとして必死になって頑張ったあの数分間のことが、はっきり甦って来た。

（こいつが一発でも体に当たっていたら……）

その思いが一気にこみ上げて来たKは、その弾丸を誰の手に渡したか覚えのないまま病室をそっと脱け出し、院庭に立って成増飛行場の方の澄み切った青空を見入っていた。

その晩のこと、同室の二、三人から思いもよらぬ申し出があった。

「今から十分間ばかりちょっとした花火大会をしますから室長も見てて下さい」

「だけど灯火管制が出てるんだぞ」

「はい。だからこそ、やれるんです」

いつものように暗幕をきっちり張り巡らして電灯を消すと、室内は大きな暗室に早変わりする。その中で短い竿の先に上手にひねった細長い銀紙を吊るし、マッチでその先に火を付けると、

「オオッ、明りいなあ」

「すごい、すごい！」

コウコウと燃えて輝く光度の強さは正に抜群、大喜びをしたのも束の間、吹き出した白いガス状の煙の強烈なこと。

幸いなことに用意出来た花火の本数が僅かだったため、この花火大会は忽ち暗幕を開けることになり、きれいな外気がどっと流れ込んで来たおかげで、息が詰まりそうな刺激臭も一掃され、目出度し、目出度しで納まったのだった。

Kにとって心の底深くに刻まれた戦争体験は、六月十一日のこのP51との戦いで一区切りするのだが、戦争自体もこの六月半ばを以て大詰の段階に入っていた。

具体的に言えば、アメリカ軍による集中的な爆撃は既に大都市ばかりでなく全国各地の中小都市に広がっており、軍の関係者のみならず老若男女、国民の全てが問答無用で敵の標的にされていた。その上、沖縄での血みどろな戦いも六月下旬で終局を迎えており、次は本土のどこへ米軍が上陸して来るかが、全国どこでもごく日常的話題になっていた。

その挙げ句の八月六日の朝、広島市がたった一発の爆弾によって一瞬のうちに焼土と化し、十四万余の住民が犠牲になった。この「新型爆弾」に関する情報が断片的にだがKの耳に入り出したのはその翌々日からだったが、更にそれに追い討ちをかけるように、九日には高比良先生の故郷の長崎にも同種の爆弾が投下され、同様に大きな被害が出たという知らせが当日のうちに届いていた。

この時点で病院では最終的判断をしたのだろう、八月十日午後、Kたちに対して、歩行可能な患者は明日午前中に当病院から退去すべしという指示が出た。ただKの場合、本土以外への交通手段は全く無く、通信も先月末以降不能になっているから、なるべく近い親戚の元へ行くことをすすめられたため、茨城の実家である林家への帰省と決めざるを得なかった。

必要な旅費は毎月僅かだが支給される手当をKはほとんど手付かずに貯えてあったから心配はいらない。かくて十一日の朝食後、久し振りに軍服に身を包んだKは、同室者と慌しく別れの言葉を交わした後、婦長さんはじめ何人もの看護婦等に見送られて、思い出多い振武台病院に別れを告げた。

その後、成増から池袋、東京、上野、取手、水海道と、さいわいにも途中敵機に邪魔されることなく列車を乗りついで来たKは、その先、鹿島郡岩井町（現・坂東市）までどのように来たか覚えていないが、岩井からはかつて小学生の頃から何度も往復したことがある、懐かしい道だ。それで途中にある茶店や床屋さんなどでちょっと休ませてもらい、小学四年の夏まで暮らしていた沓掛村（現・坂東市）の林家に無事到着したのは、午後三時少し過ぎた頃だった。

その林家では前触れ無しの突然のKの出現に、一人だけ家にいた母は当初は驚いていたものの、再入院したことは三月中に葉書で知らせてあったから、簡単に事情を話しただけですぐに二階の懐かしい部屋で蒲団を敷いてくれた。もう軍服は無用だった。

夢も見ずに眠っていたKが、中学二年と小学五年の弟二人に起こされたのはまだ夕日が明るい頃だった。この階段こんなに急だったかなと居間に通じる段を二人の後から降り切ったKは、思わず、えっ？と思って足を止めた。かつてよく宴会などで使った前の方のだだっ広い部屋で、かなりの年輩の兵隊が十数名、長方形につないだ机を囲んであぐらをかき、にぎやかに食事をしている。

居間で弟たちにそっと聞いたところ、それは群馬県で緊急に召集された予備兵たちで、アメリカ軍との本土決戦に備えてどこか近くで軍の基地のようなものを作っているらしく、役所からの強い要請により近所の六、七軒で宿を引き受けているのだという。

そう言えば昼飯を出してもらった岩井の食堂でも、その後途中で寄った二軒の店でも、Kの服装を見て何か知っているかと思ったらしく、米軍が常陸辺りに上陸して来ないかなどとひそひそ声で尋ねて来たりした。これがわが国の現状なのだとKは肌で感じたのだった。

その四日後の十五日正午、定刻前に正装をしたKがあの玉音放送を聞いたのは林家の奥間の庭先でだった。居間の古びたラジオは普段でも聞き難かった上にこの日は雑音が多かったが、くぐもった鼻にかかったお声での、

――忍び難きを忍び、堪え難きを堪え……

のくだりはちゃんと聞き取ることが出来た。

（そうか、負けたのか……）

全身の力が一度に脱けたKは誰とも会いたくなくなり、こんな時はあそこへ行くものだと決めていたように、すぐ裏手にあるお神明さんへ行った。

太いしめ縄を胴体に巻いた巨大なケヤキはこの日も堂々と聳えており、その枝の上に広がる澄み切った大空を見上げているうち、Kの頭に、あの火達磨だったB29や自分目掛けて襲って来たP51の姿がまざまざと浮かんで来た。

大きく二、三度うなずいたKは、大ケヤキの根元にある小さな祠の前でしっかり手を合わせ、きちんと声を出して報告した。

「おかげ様で死なずにすみました。どうもありがとうございました」

だから、その晩、三年前に胃潰瘍で死んだ松夫兄のお古のズボンやシャツを着たKは、その晩あの予備兵の小父さんたちが明るい電灯の下で酒を酌み交わし、手に手に持ったお箸で茶碗や机を叩いて拍子をとりながら、

〽さても一座の皆様方よ
わしのようなる三角野郎が
四角四面の櫓の上で
音頭取るとは恐れながら……

と延び延びと歌う八木節に心から共感出来た。
これがそれから七十年に及ぶKの出陣式だった。

主な参考文献

「大阪商船株式会社八十年史」大阪商船三井船舶株式会社／一九六六年
「図説大連都市物語」西澤泰彦　河出書房新社／一九九九年
「旅順」奉天鉄道局編　奉天鉄道局旅客係／一九三九年
「旅順歴史紀行」斎藤充功　スリーエーネットワーク／二〇〇一年
「今越清三朗翁伝」阿部聖夫編　中央乃木会／一九七八年
「通俗乃木将軍実伝」桃川若燕口演　郁文舎／一九二三年
「明治三十七八年戦役忠勇美譚」全五巻　教育総監部編　偕行社／一九〇七年
「日露戦争兵器・人物事典」歴史群像編集部編　学研／二〇一一年
「明治三十七八年日露戦史　第六巻」参謀本部編　偕行社／一九一四年
「図説日露戦争」平塚征緒　河出書房新社／二〇〇四年
「旅順日俄戦争遺址」文物出版社（北京）／一九八七年
「旅順の戦蹟」山県文英堂書店（旅順）／一九三四年
「旅順の戦蹟」文英堂書店（大連）／一九三六年
「露軍将校旅順籠城実談」遅塚麗水・内藤昌樹　博文館／一九〇六年
「自由画教育論と実際」斎藤始雄　大同館書店／一九二〇年

「日本教科書体系　近代編26　図画」海後宗臣・仲　新編　講談社／一九六六年
「日本の詩歌別巻　日本歌唱集」中央公論社／一九六八年
「日本のことば46　鹿児島県のことば」平山輝男ほか編　明治書院／一九九七年
「かごしま弁」南日本新聞社編　筑摩書房／一九八四年
「理科年表　昭和十三年」東京天文台編　東京帝国大学／一九三七年
「ストーブ博物館」新穂栄蔵　北海道大学図書刊行会／一九八六年
「アイススケーティングの基礎」大学スケート研究会　アイオーエム／二〇一一年
「スキー・スケート」小高吉三郎　朝日新聞社／一九三〇年
「スキーとスケート」鉄道省編　鉄道省／一九二四年
「スケート：理論と技術」両角政人　朝日新聞社／一九五〇年
「少女たちの植民地：関東州の記憶から」藤森節子　平凡社／二〇一三年
「不良少女とよばれて」原　笙子　筑摩書房／一九八四年
「満洲の日本人」塚瀬　進　吉川弘文館／二〇〇四年
「満州補充読本」南満州教育会教科書編集部編　関東州／一九三五年
「関東州施政三十年回顧座談会」関東州庁長官官房庶務課編　関東州庁／一九三七年
「敗戦：満州追想」岩見隆夫　原書房／二〇一三年
「人名事典「満州」に渡った一万人」竹中憲一編著　皓星社／二〇一二年
「童話集　トテ馬車」千葉省三　古今書院／一九二九年

「一房の葡萄」有島武郎　叢文閣／一九二二年
「金の輪」小川未明　南北社／一九一九年
「少年団訓練法要義」奥寺竜渓　教育研究会／一九二四年
「少年団とその錬成」大沼直輔　三省堂／一九四四年
「国民学校と少年団」安藤尭雄　弘学社／一九四二年
「海洋少年団の組織と活動」圓入智仁　九州大学出版会／二〇一一年
「大日本海洋少年団」布施第七少年団・野村政夫　日進社／一九四四年
「大本営」森松俊夫　吉川弘文館／二〇一三年
「大将の銅像」浜田広介　実業之日本社／一九二二年
「日本陸海軍事典　上・下」原　剛・安岡昭男編　新人物往来社／一九九七年
「日本海軍艦艇写真集　駆逐艦」呉市海事歴史科学館編　ダイヤモンド社／二〇〇五年
「海軍史事典」小池猪一編　国書刊行会／一九八五年
「戦争犯罪の構造」田中利幸編　大月書店／二〇〇七年
「乃木「神話」と日清・日露」嶋名政雄　論創社／二〇〇一年
「近代日本の形成と日清戦争」桧山幸雄編著　雄山閣出版／二〇〇一年
「近代日本の対外宣伝」大谷　正　研文出版／一九九四年
「時をこえるロバの旅」かつおきんや　大日本図書／一九九二年
「旅順虐殺事件」井上晴樹　筑摩書房／一九九五年

「日清戦争と東アジア世界の変容　下」東アジア近代史学会編　ゆまに書房／一九九七年
「旅順万忠墓」曲伝林・王洪恩編　文物出版社（北京）／一九八六年
「日本の歴史26　日清・日露」宇野俊一　小学館／一九七六年
「*Under The Dragon Flag: My Experiences in Chino-Japanese War*」James Allan, William Heinemann, 1898
「時刻表」第二十巻十一号　東亜交通公社／一九四四年
「おうちがだんだん遠くなる」横田　進　学研／二〇〇三年
「陸軍士官学校」山崎正男編　秋元書房／一九七〇年
「東京大空襲」ＮＨＫ取材班　新潮社／二〇一二年
「新版　東京を爆撃せよ」奥住喜重・早乙女勝元　三省堂／二〇〇七年
「東京大空襲・戦災誌　第一巻・第二巻」東京大空襲・戦災誌編集委員会編　東京空襲を記録する会／一九七三年
「焼夷弾」村瀬　達　創元社／一九四四年
「炎の記憶：一九四五・空襲・狂気の果て」近藤信行　新潮社／二〇〇五年
「世界の戦闘機」渡辺一英・野村　泰　航空時代社／一九四四年
「図鑑　世界の戦闘機・爆撃機」小室克介監修　学研／二〇〇三年

あとがきにかえて

二〇二〇年四月四日、父・勝尾金弥は逝ってしまった。九十二歳であった。

ここ数年、父はさまざまな病を得て入退院を繰り返していたが、その間も創作に対する意欲は衰えることなく、不自由になった手でペンを握りしめて執筆に励み、二〇一八年には『先人群像七話(ななつばなし)　第三集』を上梓した。

ことし二月、膵臓に癌が見つかり入院したが、三月中旬に退院して自宅へ。父は自分に力が残っているうちに何とかこの『生い立ちの記3』を仕上げたいと思っていたようだ。退院してすぐに能登印刷出版部の奥平三之さんを自宅に呼び、ベッドを起こして打ち合わせを行った。しかしながらそれから日を経ずして急速に衰え、ついに帰らぬ人となった。新型コロナウイルス感染拡大に揺れる状況下で葬儀を済ませた後、母と姉、弟と話し合い、父の遺志を継いで出版することを決めた。

本書には、それまでの林金弥としての茨城県沓掛村での生活から一変して、旅順に渡り勝尾家の一員となった昭和十二年八月から翌十三年末までのようすが綴られている。米英との開戦時・終戦時の体験を記した番外編を含め、北陸児童文学協会「つのぶえ」に二〇一二年から二〇一六年にかけて連載しており、本書はそれをもとにしている。父に代わって原稿を読み直し様々なことを確認する時間は、出版界に身を置く私にとって、父の文章に接し父の考えに思いを致すことができる至福の時であった。

ただ、大きな宿題があった。タイトルである。父は奥平さんに3巻のタイトルを伝えておらず、書斎にあった手帳やメモにもヒントになりそうなものはない。『1 いつも誰かがいてくれた』『2 かたい人の輪に守られて』に続くのは？ 悩みに悩んだ結果が『見晴るかす山と町と人と』である。これで良いか父に尋ねようもない。寛容を願うのみである。

第2巻のあとがきで父は、「以上で、『生い立ちの記』は完結とする」と書いている。それがなぜ第3巻なのか。父が毎日のことを記していた手帳を見ると、二〇一三年九月一日に「そろそろ『生い立ちの記』第3部書こうか」とある。図書館で旅順の地図を見たら書きたくなったらしい。旅順・大連での生活や中国人との関わり、日清・日露戦争の傷跡については『ニーハオといわなかったころ』(一九八八年)、『時をこえるロバの旅』(一九九二年、いずれも大日本図書)で題材として取り上げているが、その記憶を二十年ぶりにたどる様子が手帳から読み取れる。

手帳には第4巻についてのメモもあった。さすがにそれはもう叶わない。本書をもって未完の完結となる。

本書の写真・図版は「つのぶえ」連載時のものに加え、父の書斎にあった資料の中から適宜選んだものである。表紙の写真は、第八話で紹介している海洋少年団の仲間たちと昭和十三年十月に駆逐艦の前で撮った写真。後列右から二人目が父。左の写真は昭和二十六、七年頃に金沢で撮影した勝尾家の写真。私の祖父・祖母にあたる貞蔵・栄子に加え、戦後金沢大学在学中に出会い昭和二十七年十二月に結婚する外美子(私の母)も一緒に映っている。

参考文献には、手帳に書かれていた膨大な数の本の中から、本書を執筆する際に参考にしたと思われるものを掲げた。一般的資料については、父は今回も石川県立図書館に全面的にお世話になった。パソコンを使わない父にとって、同図書館は頼りになる強い味方であった。手帳には毎日のように、「県図で○○の資料を探してもらう」と書かれている。館員の皆様に感謝いたします。

本書をまとめるに当たっては、これまでと同じく奥平三之さんに編集の労を執っていただくとともに、「つのぶえ」同人の西川なつみさん、寺家谷悦子さんから大きなお力をいただいた。深く感謝いたします。父の葬儀で弔辞を賜った野間成之さんはじめ、長きにわたって父を支えていただいた北陸児童文学協会の皆様、金沢子どもの本研究会の皆様、ほか多くの方々に厚く御礼申し上げます。

原(旧姓勝尾)光一

二〇二〇年六月

金沢にて　右から金弥、貞蔵、栄子、外美子　昭和26、7年頃

勝尾金弥●かつお きんや

一九二七（昭和二）年金沢市生まれ。

金沢大学卒業。

愛知県立大学教授、梅花女子大学教授を歴任。愛知県立大学名誉教授。

サンケイ児童出版文化賞、日本児童文学者協会賞、日本児童文学学会賞、石川テレビ賞、中日文化賞、金沢市文化賞など受賞。

二〇二〇（令和二）年四月四日死去。

【著書】
『かつおきんや作品集』全一八巻　偕成社
『巌谷小波お伽作家への道』慶応義塾大学出版会
『森銑三と児童文学』大日本図書
『伝記児童文学のあゆみ』ミネルヴァ書房
『この父にして　藤岡作太郎・鈴木大拙・木村榮の幼時』能登印刷出版部
『オブラート発明物語　異才・藤本吉二が行く』能登印刷出版部
『「七一雑報」を創ったひとたち　日本で最初の週刊キリスト教新聞発行の顛末』創元社
『山へ登ろう。いろんな山へ　子どもたちへの深田久弥のメッセージ』桂書房
『時代の証人 新美南吉』風媒社
『「ごん狐」の誕生』風媒社
『先人群像七話（ななつばなし）　三百年前の金沢で』全三巻　能登印刷出版部

ほか多数

生い立ちの記3
見晴るかす山と町と人と

二〇二〇年九月二〇日発行

著　者　かつおきんや
発行者　能登健太朗
発行所　能登印刷出版部
〒九二〇-〇八五五
金沢市金沢市武蔵町七-一〇
TEL〇七六-二二二-四五五〇
デザイン　西田デザイン事務所
印　刷　能登印刷株式会社

ISBN978-4-89010-772-8
Printed in Japan